Perry Rhodan

BAND 407

UWE ANTON

DER PROGRAMMIERTE ATTENTÄTER

BSV

Die Deutsche Bibliothek – CIP-Einheitsaufnahme
Anton, Uwe: Der programmierte Attentäter /
Uwe Anton. –
1. Aufl. – Nürnberg: BSV, 1997
(Perry Rhodan; Bd. 407)
ISBN 3-932234-53-7

ISBN 3-932234-53-7 – 1. Auflage 1997

Redaktion: Klaus N. Frick
Illustrationen Cover und Innenteil: Swen Papenbrock
Covergestaltung: Ralph Beloch
Druck: Elsnerdruck GmbH
Printed in Germany

Inhalt

1

Wla Ruppets Herkunft verliert sich im Dunkel der Geschichte. Manche Quellen deuten darauf hin, daß er gar nicht auf der Erde, sondern unter dem Namen Alw Teppur auf der Kolonialwelt Nembar geboren wurde; andere Historiker vertreten die Auffassung, daß er zwar von Terra stammt, aber der Name, unter dem er bekannt geworden ist, nur ein Anagramm bildet, das vielleicht auf seine wahre Abstammung hinweist.
Zweifelsfrei fest steht lediglich, daß Ruppet Angehöriger – und nach dem Tod seines Vorgängers Rudiga Karde Oberhaupt – des Konventikels Expandere universalis war, das das Ziel anstrebte, die gesamte Galaxis mit Menschen zu besiedeln. Selbst im 24. Jahrhundert widersprach diese Einstellung der offiziellen Haltung des Solaren Imperiums, und so kann man es nur als konsequent bezeichnen, daß die Mitglieder der religiös-konservativen Sekte im Jahr 2392 ihr gesamtes weltliches Hab und Gut veräußerten, ein kaum noch flugfähiges Raumschiff erstanden, es mit allem ausrüsteten, was sie zum Aufbau einer Kolonie zu benötigen glaubten, es nach ihrem Präses RUPPET nannten und ihr Heil auf einem unbesiedelten Planeten suchten, den sie ebenfalls Ruppet tauften.
Mikail Tyssen Kais (Hrsg.), Encyclopaedia Universalia, Eintrag: Ruppet, Wla (Auszug), Nembar: Verlag HDS 3000f.

Nerval Rodrik
Eine eher bescheidene Kundgebung

Die Situation eskalierte unaufhaltsam.
Auf dem großen Platz im Zentrum von Ruppet City, auf dem sich die strahlförmig verlaufenden sechs Hauptdurchgangsstraßen kreuzten, waren die Prallfelder unter dem Ansturm der Menge zusammengebrochen. Vielleicht hatten die Ordnungskräfte sie auch vorsorglich ausgeschaltet, um im letzten Augenblick zu verhindern, daß die Demonstranten in die Energiefelder liefen und sich verletzten oder gar selbst töteten. Dort, im SEKTOR 1, dem historischen Stadtkern, verliefen sämtliche Fahrbahnen nur auf einem Niveau, der Bodenebene. Deshalb wurde dieser Bezirk auch oft und gern für Kundgebungen benutzt; denn was half es den Protestierenden, die auch durch ihre bloße Anzahl beeindrucken wollten, wenn sie über die erste bis vierte Straßenebene zogen und man sie aus der Luft gar nicht wahrnehmen konnte?
Nerval Rodrik betrachtete die Massen von Ruppetern, die sich unaufhaltsam aufeinander zubewegten. Wie eine alles niederwalzende, schlammige Flut nach einem Dammbruch kamen sie ihm vor. »Ich hätte nicht gedacht, daß es so viele sind«, sagte er eher zu sich selbst als zu seinem Staatssekretär oder gar dem Gleiterpiloten vom Sicherheitsdienst. »Schätzungsweise einhundertzwanzigtausend Demonstranten auf der einen, einhundertdreißigtausend auf der anderen Seite«, sagte der Pilot nach einem kurzen Blick auf seine Cockpitkontrollen. »Eine eher bescheidene Kundgebung. Wohl eine spontane. Ich frage mich, wie sie überhaupt

zustande gekommen ist. Jedenfalls hat keine der beiden Parteien dazu aufgerufen. Da haben wir schon wesentlich Schlimmeres erlebt.«
Rodrik hörte den unterschwelligen Vorwurf aus der Stimme des Piloten heraus. *Du hast ja keine Ahnung*, wollte der Mann ihm sagen. *Du sitzt den ganzen Tag mit dem Arsch in deinem geräumigen Büro, aber wir, wir stehen hier draußen an der Front und müssen uns immerzu mit Aufwieglern, Konvertiten und Imperialisten befassen.*
Er sah seinen Stellvertreter fragend an. Didjeh Fohrtuhn zuckte mit den Achseln. Die Bewegung drohte die Nähte seines Anzugs zu sprengen. »Die Ordnungskräfte sind ganz anderes gewohnt als wir. Wir kommen ja nie aus unseren Büros raus und sehen immer nur Zahlen und Statistiken«, bestätigte er indirekt die Worte des Piloten. »So richtig vorstellen kann man sich das nur, wenn man es gesehen hat. Und wenn ich ganz ehrlich bin – ich kann mir noch immer nicht erklären, wieso Sie das unbedingt sehen *wollen*.«
»Das müssen Sie sich doch denken können«, sagte Rodrik barsch. Wenn er sich vor dem Piloten vom Staatssekretär ungestraft tadeln ließ, konnte er gleich seine Demission einreichen. »Angesichts des bevorstehenden Staatsbesuchs ist diese Demonstration ein Sicherheitsrisiko, das die Regierung auf keinen Fall hinnehmen kann.«
Hatte Fohrtuhn in letzter Zeit nur noch breitgetretenen Quark im Kopf? Die Gegenwart seines Stellvertreters kam ihm überaus ungelegen. Aber das Gesuch um Kontaktaufnahme war so kurzfristig erfolgt, daß er den schon lange geplanten gemeinsamen Inspektionsflug nicht hatte absagen können, ohne starken und auch begründeten Verdacht zu erregen. Und nun brachte diese ungenehmigte Demonstration seine sowieso schon improvisierten Pläne vollends durcheinander. Andererseits bot sie ihm vielleicht

die Möglichkeit, sich unauffällig von Fohrtuhn zu trennen.
»Können Sie den Ton zuschalten?« wandte Rodrik sich an den Piloten.
»Jawohl, Herr Minister. Kein Problem, Sir«, antwortete der Mann servil. Er schien Rodriks Gereiztheit zu spüren und betätigte schnell einen Schalter, während er den Gleiter eine weitere Runde über die Innenstadt und die Protestler drehen ließ. Augenblicklich erfüllte ein so ohrenbetäubendes Getöse die Kabine des Antigrav-Schwebers, daß die Außenwände zu vibrieren schienen. »Leiser!« brüllte Nerval.
Der Pilot gehorchte. Die Lautstärke wurde auf ein einigermaßen erträgliches Maß zurückgefahren. Nun konnte Rodrik auseinanderhalten, was die beiden Demonstrantengruppen skandierten. »Rhooo-dahn! Rhooo-dahn! Rhooo-dahn!« intonierte die eine langgezogen, während die andere stakkatohaft das kurze »Wla! Wla! Wla!« anstimmte.
»Wann werden sie aufeinandertreffen?« fragte Rodrik mißmutig. »Und warum, zur Pille noch mal, haben die Sicherheitskräfte den Energieschirm ausgeschaltet, der sie voneinander trennt?«
Ein Schuß verhinderte, daß Fohrtuhn oder der Pilot ihm antworten konnten. Er war mit einer Energiewaffe abgegeben worden, doch der Strahl hatte sich in der Höhe, in der der Gleiter kreiste, so stark abgeschwächt, daß er, wenn überhaupt, nur minimale Beschädigungen an der Außenhülle hervorrief. Der Gleiter stammte aus terranischer Produktion, war deshalb den einheimischen Fahrzeugen weit überlegen. Es gab nur wenige solcher Modelle auf Ruppet, von denen die meisten der Regierung zur Verfügung standen, und Rodrik als Sicherheitsminister konnte nicht nur auf eine permanente Fahrbereitschaft, sondern auch auf eins dieser begehrten Vehikel zurückgreifen.

Auf der Planetenoberfläche geriet Bewegung in die Massen. Jene Staffeln der Sicherheitskräfte, die bislang nicht aktiv versucht hatten, einen direkten Zusammenstoß der Demonstranten zu verhindern, sondern die so unauffällig wie möglich im Hintergrund geblieben waren, griffen nun ein und drangen geordnet durch die Masse der Protestierenden vor. Über ihr Ziel bestand nicht der geringste Zweifel: Sie versuchten, des Schützen habhaft zu werden. Der Besitz von Waffen war auf Ruppet streng untersagt. Sollte der Delinquent ergriffen werden, drohte ihm eine lebenslängliche Haftstrafe. Die Vernichtung von fortpflanzungsfähigem Leben verstieß gegen alles, was Karde gelehrt und Ruppet verwirklicht hatte, und war unbarmherzig zu ahnden.

Rodrik hegte nicht den geringsten Zweifel daran, daß jemand aus den Reihen der Imperialisten geschossen hatte, auch wenn es sich bei ihnen, wie die Sprechchöre bewiesen, hauptsächlich oder ausschließlich um Rhodanisten handelte. Diese Ruppeter, die den Anschluß ans Solare Imperium forderten, waren in der Wahl ihrer Mittel wesentlich zurückhaltender als diejenigen, die den Carsualschen Bund oder das Imperium Dabrifa favorisierten.

Verdammte Pille, dachte Rodrik. Daß die Demonstration nun gewalttätige Züge anzunehmen drohte, gefährdete sein eigentliches Vorhaben, machte es vielleicht sogar unmöglich. Doch er war noch nicht bereit, jetzt schon aufzugeben.

»Wir gehen runter!« befahl er. »Den Kerl will ich mir persönlich schnappen.«

»Aber Sir ...«, protestierte Didjeh Fohrtuhn. »Sie können doch nicht ...«

Rodrik warf ihm einen scharfen Blick zu, und Fohrtuhn verstummte augenblicklich. Der Staatssekretär wußte genau, daß seine Position im Augenblick nicht die beste war. Über

ihn häuften sich die Beschwerden: Wichtige Korrespondenz blieb unerledigt, dringende Entscheidungen wurden aufgeschoben. Wenn Fohrtuhn nicht schlicht und einfach hoffnungslos überfordert oder durch die Mühen seines Amts abgenutzt war, verschwendete er auf jeden Fall mit privaten Belangen zuviel Aufmerksamkeit und Energie. Dieser Zustand war auf Dauer nicht haltbar.
Der Pilot hatte kurz gezögert, aber als Fohrtuhn verstummte und seinen Einwand nicht zu Ende brachte, gehorchte er und ging langsam tiefer. Zu Rodriks Überraschung hielt er nicht auf die Ballung der Rhodanisten zu, sondern auf die *EUs* – die Anhänger des *Expandere universalis* oder Wlawisten, wie sie nach dem Großen Ruppet auch genannt wurden. »Der Schuß wurde nicht von einem Rhodanisten abgegeben?« fragte Rodrik verwirrt.
»Nein, Sir«, erwiderte der Pilot. »Ich bin mir ganz sicher. Die Energieorter lassen keinen Zweifel, und die Bordpositronik hat eindeutig eine Gruppe von achtzehn Individuen ausgemacht, von denen eins den Schuß abgegeben hat.«
Wer war Nerval, daß er der terranischen Technik mißtraute – oder zumindest der des Solaren Imperiums, denn wer konnte schon genau sagen, auf welcher Welt der Gleiter hergestellt worden war? Und diesem Imperium schienen ja Hunderte davon anzugehören, auch wenn es sich vor kurzem gespalten hatte und das Imperium Dabrifa davon abgefallen war und der Carsualsche Bund und ...
Rodrik schüttelte den Kopf. Für eine Auffrischung seines Crashkurses über die Entwicklung der Menschheit in den letzten 600 Jahren, von denen die Ruppeter über 550 versäumt hatten, blieb jetzt wirklich keine Zeit. Er mußte sich endlich von Fohrtuhn loseisen und das in Angriff nehmen, weshalb er tatsächlich hierhergekommen war.

Andererseits ... diese Sache konnte eventuell warten, der Staatsbesuch des Großadministrators des Solaren Imperiums nicht. Dessen Ankunft stand – Rodrik warf einen Blick auf sein Chronometer, es war kurz nach Mittag – in weniger als vierundzwanzig Stunden bevor. Und daran war nicht mehr zu rütteln.
»Es muß ein *Agent provocateur* sein«, sagte er. »Jemand, der sich bei den regierungstreuen Demonstranten eingeschlichen hat und sie in Mißkredit bringen will. Setzen Sie mich so nah bei der Gruppe ab, wie Sie können.«
»Ich muß wirklich protestieren, Sir«, wandte Fohrtuhn ein. »Das ist viel zu gefährlich. Es handelt sich um eine ungenehmigte Demonstration. Das Gewaltpotential der Aufrührer ist nicht zu unterschätzen.«
Der Staatssekretär hatte recht, dessen war Rodrik sich nur allzu gut bewußt. Aber er würde die Pille tun und versuchen, den Schützen persönlich zu stellen. Dafür waren seine Sicherheitskräfte da. Nein, er mußte Fohrtuhn abschütteln und für ein paar Minuten untertauchen, wollte er eine Chance haben, das andere, wesentlich gefährlichere Sicherheitsrisiko noch vor dem Staatsbesuch des Großadministrators auszuschalten.
Und er mußte es selbst tun. Wem konnte er in dieser Situation noch vertrauen? Er tastete nach dem nicht mal fingerkuppengroßen Impulsgeber, den er auf die Fläche seiner linken Hand geklebt und mit Theaterschminke überdeckt hatte. Das winzige Gerät war so gut wie nicht zu entdecken und konnte aktiviert werden, indem er es mit dem Mittelfinger derselben Hand kurz und kräftig berührte.
»Landen Sie endlich!« sagte er zu dem Piloten.
Rodrik konnte nur hoffen, daß sein Kontaktmann ihn mit Hilfe dieses Geräts tatsächlich aufspüren konnte. Er würde sich zwar zur richtigen Zeit am richtigen Ort befinden, aber

daß es hier zu einer ungenehmigten Demonstration kam, das hatte wirklich keiner ahnen können. Vielleicht sollte er die ganze Aktion lieber abblasen und statt dessen das gesamte für Rhodans Sicherheit zuständige Personal austauschen? Nein, das ließ sich in der kurzen Zeit nicht mehr bewerkstelligen, zumal er mit keiner vernünftigen Erklärung aufwarten konnte.

»Ich kann nicht in unmittelbarer Nähe der Menge runtergehen«, sagte der Pilot. »Ich würde die Sicherheit der Leute gefährden.« Ihm war deutlich anzumerken, daß ihm lediglich an der Unversehrtheit seines kostbaren Gleiters gelegen war.

»Lassen Sie mich da raus, wo Sie können!« befahl Nerval. »Aber machen Sie schon!«

Der Pilot spürte die wachsende Ungeduld des Sicherheitsministers und zog es vor, sich auf keinen Fall seinen Unmut zuzuziehen. Sollte Rodrik ihn aus der Abteilung Fahrbereitschaft entlassen, würde er diverser Vergünstigungen verlustig gehen, die das Leben angenehmer machten und an die man sich sehr schnell gewöhnen konnte. Er ließ den Gleiter senkrecht sinken; durchaus behutsam, wie Nervals Erfahrung ihm verriet. Für die Demonstranten in nächster Nähe mußte der Vorgang dennoch bedrohlich wirken. So viele Gleiter gab es auf Ruppet noch nicht, daß sie alltäglich waren, und auch wenn sich kein feuerspeiender Drache mit mächtigen Schwingenschlägen aus dem Himmel senkte, mochten sie es doch mit der Angst zu tun bekommen, von dem Vehikel einfach zerquetscht zu werden. Sie stoben auseinander; immerhin kam es zu keiner Panik. Dafür waren die Ruppeter einfach zu sehr daran gewöhnt, sich in großen Massen zu bewegen und dem Strom anzupassen oder gar seine Richtung zu beeinflussen.

Rodrik sprang aus dem Fahrzeug, kaum daß es aufgesetzt

und der Pilot die Tür geöffnet hatte. Die Scheu der Menge hatte sich bereits gelegt; nur wenige Schritte, und das auch ihm noch sehr vertraute Gefühl, Schutz in der Masse zu finden, stellte sich wieder ein.
Ein weiterer Blick auf das Chronometer verriet ihm, daß es höchste Zeit war. Er krümmte den linken Mittelfinger und berührte die kleine Kunststoffscheibe auf der Handfläche. Nun konnte er nur noch hoffen, daß der im Millisekundentakt wiederholte Peilstrahl auch empfangen wurde.
Ein Blick über die Schulter verriet ihm, daß Didjeh Fohrtuhn den Gleiter ebenfalls verlassen hatte und ihm folgte.
Das hatte ihm gerade noch gefehlt! Sein Staatssekretär verstieß damit gegen ausdrückliche Anweisungen. Was war nur los mit dem Mann? Da hatte er in der Versandstelle angefangen, danach jahrelang als Außenagent Erfahrungen gewonnen, war dann in den politischen Innendienst versetzt worden, hatte die Karriereleiter fast zu zügig erklommen, und jetzt erlaubte er sich einen Fehler nach dem anderen. So konnte es nicht weitergehen ...
Doch auch Rodrik war nicht von irgendwoher Sicherheitsminister von Ruppet geworden. Er hatte eine ähnliche Laufbahn hinter sich und war seinen Untergebenen nach wie vor einen Schritt voraus.
Zumindest hoffte er das.
Vierzig Sekunden später hatte er den Beweis erbracht. Zwei rasche Drehungen, das Eintauchen in die quer verlaufende Bewegung eines Stroms von Demonstranten, eine plötzliche Kehrtwendung und das Ausnutzen der daraus resultierenden kurzen Verwirrung, und er hatte Fohrtuhn abgeschüttelt.
Seinen Sekretär vielleicht, aber nicht die Person, die plötz-

lich die Hand auf seine Schulter legte. »Nicht umdrehen!« flüsterte eine tiefe Stimme. Daraus schloß Rodrik im ersten Augenblick, daß es sich um einen Mann handelte, korrigierte sich aber sofort wieder. Es gab Möglichkeiten, eine Stimme zu verzerren, dumpfer klingen zu lassen. Und wenn er sich durch den Kopf gehen ließ, welche Möglichkeiten seinen Kollegen von den galaktischen Imperien zur Verfügung stehen mochten, wurde ihm ganz schwindlig, und er hätte seinen Job am liebsten an den Nagel gehängt.
Die Hand geleitete ihn unauffällig und geschickt. Binnen weniger Minuten hatten sie den Rand der Menschenmenge erreicht, die nun fort vom historischen Stadtzentrum strebte und SEKTOR 1 so schnell wie möglich verlassen zu wollen schien. Anscheinend hatten seine Sicherheitskräfte auf dem Ruppet-Platz – dort, wo die beiden Demonstrantenfraktionen aufeinandergestoßen und die sie trennenden Prallfelder zusammengebrochen waren – endlich durchgegriffen und die Auflösung des Gewimmels eingeleitet.
»Wohin gehen wir?« fragte der Minister.
»Wir sind fast da«, antwortete die Stimme. Die Hand trieb ihn noch ein paar Schritte weiter, schloß sich dann fester um seine Schulter und drehte ihn zur Seite.
Nerval Rodrik schaute auf eins der Gebäude, die man auf ganz Ruppet nur noch im erhalten gebliebenen historischen Stadtkern fand. Kein Wohnsilo mit mindestens fünfundzwanzig Stockwerken und den Ausmaßen eines ganzen Gebäudeblocks, sondern ein dreigeschossiges Haus in einer ganzen Reihe solcher Bauwerke. Schon die sorgfältig restaurierte Fassade und die modernen Fenster verrieten jedoch, daß es sich um alles andere als ein Museum handelte. Auch wenn der Altstadtkern erhalten geblieben war – auf Ruppet konnte man sich den Luxus nicht leisten, wertvollen Raum zu verschenken. Selbstverständlich wurde das

Gebäude bewohnt oder doch zumindest gewerblich genutzt. Man hatte ihr Eintreffen bemerkt. Die Haustür wurde einen Spaltbreit geöffnet. Rodrik wurde von dem Unbekannten hinter ihm gegen die Hauswand gedrückt, damit er den schier endlosen Strom der vom Demonstrationsort Fliehenden nicht behinderte oder gar mitgerissen wurde.
»Gehen Sie hinein«, sagte die Stimme.
Er zögerte. »Und darin finde ich ...« Er vollendete den Satz nicht. Das war auch nicht nötig.
»Darin finden Sie die Beweise, die die undichte Stelle in Ihrer Organisation zweifelsfrei identifizieren.«
Rodrik zögerte. Er hatte seine Erfahrungen. Er war nicht von gestern. Auch wenn der Informant, der ihn hierherbestellt hatte, bislang immer zuverlässig gewesen war – die seltsamen Umstände ihres Treffens rochen nach einer Falle. Doch Rhodans bevorstehende Ankunft ließ ihm keine Wahl. Er mußte das Sicherheitsrisiko ausschalten.
Er gab sich einen Ruck, schritt zur Tür und griff nach dem Knauf.
In diesem Augenblick bewegte die Tür sich, und er vernahm ein hohes Sirren. *Ein Schuß!* dachte er noch, dann wurde alles dunkel um ihn.

»Sie haben ihn, Ka-Eins«, sagte Bridget Märchtehn leise auf interkosmo. Dabei senkte sie weder den Kopf, noch drehte sie ihn zur Seite. Das auf ihre Stimme geeichte hochempfindliche Richtmikrophon entstammte nicht einmal siganesischer Herstellung; solch ein Aufwand wäre bei diesem Einsatz wahrhaftig übertrieben und bei dem ständigen Budgetmangel auch nicht zu rechtfertigen gewesen. Dennoch nahm es bei der von ihr gewählten Einstellung lediglich ihre Stimme auf, filterte sämtliche störenden Nebengeräusche aus und übertrug ihre Worte, gerafft und

zu wenigen Mikrosekunden langen Impulsen gebündelt, abhörsicher zu ihrem planetaren Stützpunkt, von wo aus sie bei Bedarf praktisch ohne Zeitverlust und selbstverständlich überlichtschnell zu verschiedenen Basen außerhalb des Marneb-Systems weitergeleitet werden konnten.
»Bislang ist alles planmäßig verlaufen?« vergewisserte sich ihr Führungsoffizier Kontakt-Eins, unnötigerweise, wie Bridget fand, denn andernfalls hätte sie längst Meldung gemacht.
»Ja.«
Beide wußten, was das bedeutete: Jetzt wurde es erst richtig kompliziert. Was nun folgte, war unter der Datei Glückssache abzuspeichern. Wie viele Positroniken auch immer Simulationen durchgeführt und Hochrechnungen vorgenommen hatten, bei einer so knappen Zeitspanne gab es einfach zu viele Unsicherheitsfaktoren, als daß man exakte Abläufe festlegen konnte. Eine einzige zögerliche Bewegung, ein Anschluß, der nicht haftenblieb, ein Stolpern: Zeitfaktoren von jeweils einer zehntel bis drei Sekunden Dauer, also rund anderthalb im Durchschnitt, auf einen Zeitraum von maximal vier Minuten, multipliziert mit drei bis fünf Beteiligten – achthundert Unsicherheitsfaktoren in zweihundertvierzig Sekunden, zweihundert pro Minute –, das überforderte sogar die modernsten Geräte. Selbst der begnadete Voss war bei Extrapolationen dieser Größenordnung hoffnungslos überfordert.
Natürlich dauerte die eigentliche Aktion, die nun anstand, wesentlich länger als vier Minuten, aber das war die kritische Zeitspanne, die über Erfolg oder Mißerfolg entschied. Ihre Stoppuhr lief. Eine hochmoderne, aber in ein Gehäuse eingelassen, das keinem Ruppeter aufgestoßen wäre.
Außerdem, setzte Bridget ihren Gedankengang fort, konnte ihre Planung so perfekt sein, wie man es sich nur wünschen

konnte – da war immer noch die Gegenseite, und wenn die aufmerksam wurde, war ihr Plan endgültig gescheitert. Es war schon sehr beruhigend, tröstete sie sich, daß kein überwältigender Schaden entstehen konnte, wenn dieser Einsatz scheiterte. Er war sozusagen die Tarr zum Quiliber, das Sahnehäubchen auf dem anregenden Heißgetränk – die Krönung einer von langer Hand vorbereiteten Aktion.

Natürlich standen diverse Leben auf dem Spiel – nicht zuletzt auch das ihre. Aber einerseits hatte sie gewußt, was sie tat, als sie ihre Berufswahl getroffen hatte, andererseits war sie dazu ausgebildet worden, ihr Leben effektiv zu schützen.

Sie trat näher an die Hauswand, um vom Sog der Ruppeter nicht mitgezogen zu werden. Für sie als Terranerin war es immer wieder erstaunlich, wie gesittet sich dieses Volk auch in Massenansammlungen benahm.

Auf Terra hätte eine Demonstration dieser Größenordnung – mit immerhin über zweihunderttausend Teilnehmern, und das unangemeldet, ohne daß Zeit gewesen wäre, sich darauf vorzubereiten! – zu mittleren Nervenzusammenbrüchen der verantwortlichen Sicherheitskräfte geführt. Die Ruppeter hingegen waren von Kind an gewohnt, sich in Mengen zu bewegen, und die Ehrfurcht vor fortpflanzungsfähigem Leben, die dic theokratische, wenn auch demokratisch gewählte Regierung auf ihre Flaggen geschrieben hatte, war mehr als ein Lippenbekenntnis. Die Bewohner dieses Planeten hatten die Lehren ihres Religionsstifters in Fleisch und Blut umgesetzt. Daran hielten sich auch diejenigen, die im Zug des Kulturschocks nach der Wiederentdeckung der Welt durch das Solare Imperium für ihre Verhältnisse radikale Positionen eingenommen hatten und die Angliederung der Welt an eine der galaktischen Gemeinschaften forderten.

Bridget hätte sich gewünscht, die von ihren Hilfskräften lancierte ungenehmigte Demonstration hätte noch weit mehr Verwirrung gestiftet, aber es war sinnlos, unerfüllbaren Wünschen nachzuhängen. Immerhin boten auch diese Menschenmassen eine gewisse Tarnung ihrer Aktion.
Jede Nervosität fiel von ihr ab, als sie Ka-Eins' Stimme wieder in dem in ihrer Ohrmuschel befestigten Sender hörte. »Es geht los. Unsere Leute haben Position bezogen.«
Damit hatte er den entscheidenden Befehl gegeben, nicht nur für ihr Einsatzteam, sondern auch für über ein Dutzend weitere, die zeitgleich informiert wurden und an verschiedenen Orten auf Ruppet, im Marneb-System und in der Milchstraße zuschlugen.
Bridget setzte sich in Bewegung, ließ sich von den aus dem Stadtzentrum drängenden Massen ein Stück mitziehen. Unwillkürlich hielt sie Ausschau nach den angeheuerten Helfern und untergeordneten Agenten, die sich in dem Gewimmel aufhielten, doch deren Tarnung war von gewohnter Qualität. Wenn nicht mal sie sie erkannte, würden sie auch keinen Ruppetern auffallen.
Wenige Schritte nur, und sie machte das Zielobjekt vor sich aus. Die Tür des Gebäudes war geöffnet. Nun wurde sie einiger Kollegen gewahr, denen es gelang, sich anscheinend völlig unauffällig mit dem Strom der Masse zu bewegen, gleichzeitig aber keinen Schritt abgetrieben zu werden und in stets gleichbleibender Nähe zum Zielobjekt zu verweilen.
Sie schaute hoch. Sheuren bestätigte ihr mit einem Nicken, daß seine Ortungen nichts ergeben hatten. Die Aktion konnte anlaufen.
Bridget griff in ihre Tasche, trat in die Mitte des Rings ihrer Mitarbeiter, schritt in deren Deckung zur Tür und warf mit einer fließenden Bewegung den Sprengsatz ins Haus. Dabei handelte es sich keineswegs um eine Waffe auf thermischer

Basis, sondern um eine, die Schall- und Lichtemissionen erzeugte. Die Emissionen beraubten die Opfer kurzfristig jeglicher Wahrnehmungsfähigkeit und machten sie damit völlig orientierungs- und wehrlos. Die einzige Hitze, die freigesetzt wurde, diente dazu, die kleine Granate zu einem Häufchen Schlacke zu verbrennen, nachdem sie ihr Unheil angerichtet hatte. Das wiederum hatte den Vorzug, daß man keine Rückschlüsse auf ihre Herkunft mehr ziehen konnte. Zum Einsatz kam sie immer dann, wenn man auf den Gebrauch von Paralysatoren und die danach doch länger anhaltenden Lähmungserscheinungen der Betroffenen verzichten wollte oder mußte, was hier der Fall war.
Dennoch hielt Bridget, als sie das Gebäude betrat, als Rückversicherung eine solche Waffe in der Hand. Ihre Vorsicht machte sich bezahlt: Aus den Augenwinkeln nahm sie eine zielgerichtete Drehung wahr. Sie schoß sofort, wußte aber im selben Moment, daß sie nicht getroffen hatte. Die Bewegung stammte von einer mindestens zwei Meter großen und unproportional dürren Gestalt, die gerade einen Nebenraum verlassen wollte, als die Granate explodiert war. Zumindest kehrte die Gestalt nun in diesen Raum zurück und riß die Tür hinter sich zu. Auch ein zweiter Schuß ging fehl.
Bridget lief zu der Tür, während ihre Kollegen sich nicht um den Flüchtigen kümmerten, sondern sich ihren jeweiligen Aufgaben widmeten. Damit befolgten sich nur die eindeutigen Anweisungen; schließlich kam es auf jeden Sekundenbruchteil an. Die Agentin zerrte an der Tür, doch sie war von der anderen Seite aus verriegelt worden.
Fluchend steckte Bridget den Paralysator ein und zog statt dessen den Thermostrahler. Das gebündelte Licht aus dem für das menschliche Auge nicht sichtbaren Infrarotbereich verließ den Lauf der Waffe als ultraheißer Strahl und

schmolz jenen kleinen Teil der Tür, an dem sie am schwächsten war: das Schloß. Ein wuchtiger Tritt, und die Tür flog in den benachbarten Raum auf. Fast gleichzeitig sprang Bridget gekrümmt hindurch, rollte sich auf dem Boden ab und schnellte wieder hoch, mit dem schußbereiten Thermostrahler in einer Kreisbewegung sichernd.
Erst nachdem sie sich auf diese Weise überzeugt hatte, daß sich tatsächlich niemand mehr in dem kleinen Nebenraum aufhielt, sah sie es als gegeben an, daß der Flüchtige das Gebäude durch eine Tür in der gegenüberliegenden Wand verlassen hatte. Sie führte auf eine kurze, höchstens zwanzig Meter lange Gasse, wie Bridget aufgrund ihres Einsatzbriefings wußte, die an beiden Enden auf größere Querstraßen der Hauptdurchgangsstrecken im SEKTOR 1 mündete.
Es kostete sie wertvolle Sekunden – sie mußte die gebotene Vorsicht walten lassen –, doch es blieb ihr nichts anderes übrig, als sich davon zu überzeugen, daß der eventuell bewaffnete Flüchtige nicht auf der anderen Seite der Hintertür darauf lauerte, sie angreifen zu können. Die Gasse war in beiden Richtungen verlassen. Über die dahinter liegenden Straßen eilten Ruppeter, die Bridget nicht die geringste Beachtung schenkten. Sie bewegten sich hektischer als vor kurzem; offenbar griffen die Sicherheitskräfte auf dem Ruppet-Platz nun energischer durch, und die Demonstranten wollten sich so schnell wie möglich aus der Gefahrenzone bringen.
Bridget zog den Kopf wieder zurück und schaute sich in dem Nebenraum um. Zwei, drei Blicke verrieten ihr, was hier geschehen war. Während sie noch nach dem Flüchtigen geschaut hatte, waren ihre Kollegen wie geplant vorgegangen und hatten alles Nötige in die Wege geleistet. Sie arbeiteten schnell, aber sorgfältig; jeder Handgriff saß.

»Sequester!« rief ihr Stellvertreter sie mit dem für diesen Einsatz vereinbarten Kodenamen. »Schnell! Wir brauchen den Computer. Die Zeit rast uns davon. Wir haben höchstens noch drei Minuten.«
Sie zog das Minigerät hervor und drückte es ihm in die Hand. Obwohl ihr Stellvertreter nur rudimentäre Computerkenntnisse hatte, machte sie sich um diesen Teil ihrer Aufgabe keine Sorgen. Auf Jeremay Voss, der das Programm geschrieben hatte, das nun zum Einsatz kam, war absoluter Verlaß; er war in stundenlangen Gesprächen sämtliche Möglichkeiten mit ihr durchgegangen, um ihr zu beweisen, daß er auch die unwahrscheinlichsten Schwierigkeiten in Betracht gezogen hatte.
Interfaces, Programmsperren, Paßwörter – für ihn war nichts unüberwindlich. Ganz davon abgesehen, daß die primitiven Computer der Ruppeter einer terranischen Positronik so unterlegen waren wie ein Faustkeil einem Thermostrahler. Doch auch Geräte aus anderer Produktion konnten Jeremay nicht lange Widerstand leisten.
Bridget kehrte in den Nebenraum zurück, untersuchte die dort untergebrachten Geräte und sonstigen Gegenstände genauer und zerstörte sie dann mit drei gezielten Schüssen ihres Thermostrahlers. Als sie in den Hauptraum zurückkehrte, hob ihr Stellvertreter bestätigend die Hand. »Fertig!« rief er. »Es verlief alles nach Plan.«
Mit einem Blick nahm sie wahr, daß ihre Agenten die drei Männer und die Frau, die von der Schallgranate außer Gefecht gesetzt worden waren, gerade hinausführten. Sie konnte sich darauf verlassen, daß ihre Leute sie durchsucht, entwaffnet und aller technischen Geräte beraubt hatten. Des weiteren hatten sie ihnen Injektionen verpaßt, die ihre derzeitige geistige Verwirrung aufrechthalten würden, bis sie ein Gegenmittel verabreicht bekamen. Sie sollten von den

ruppetischen Sicherheitskräften gefaßt, aber erst nach Verabreichung dieser Substanz wirkungsvoll verhört werden können; aus diesem Grund hatten sie auch auf den Einsatz von Paralysatoren verzichtet, zumal mit Hilfe der Granate alle gleichzeitig außer Gefecht gesetzt worden waren.

Alle bis auf denjenigen, dem die Flucht gelungen war. Bridget knirschte wütend mit den Zähnen. Aber der Schaden hielt sich in Grenzen; *diese* Person würde sich kaum an die ruppetischen Sicherheitskräfte wenden. Es galt nur zu verhindern, daß sie Kontakt mit ihrem Führungsoffizier aufnehmen konnte.

Mit drei weiteren Schüssen zerstörte sie den Großteil der Gerätschaft im Hauptraum oder machte ihn zumindest unbrauchbar.

Nun war nur noch eins zu tun: Während ihre Kollegen den Hauptraum räumten, gab sie der bewußtlosen Gestalt, über die sie mehrmals gestiegen war, die vorbereitete Injektion und schleifte sie danach über den Boden, bis sie auf der Schwelle zu liegen kam. Dann noch wenige Schritte, und sie tauchte in der Menge der Ruppeter unter. Der erste Teil des Einsatzes war beendet. Dank Jeremays ausgeklügelter Planung hatte der ganze Spuk tatsächlich kaum fünf Minuten Rechnerzeit und insgesamt gesehen nicht mal die geplanten zwanzig Minuten gedauert.

Perry Rhodan töten ... bei der Ankunft auf dem Raumhafen ... die offizielle Begrüßung ...

»Perry Rhodan töten ...« murmelte er. »Perry Rhodan töten. Perry Rhodan töten.« Der kurze Satz schien nicht nur das Zentrum seiner Existenz zu sein, sondern sein gesamtes Universum, seinen *idios kosmos* auszufüllen. Es war weniger eine Aneinanderreihung von Worten als eine Tatsache, fest, unumstößlich, unwiderruflich. *Perry Rhodan töten.*

Er fühlte sich unglaublich erschöpft, doch das Diktum gab ihm seine Kraft rasend schnell zurück. Hätte er es vor Sekunden noch für unmöglich gehalten, sich zu bewegen, erhob er sich nun mühelos. Abgesehen von einem leichten Ziehen in seinem Kopf fühlte er sich ausgezeichnet.

Er schaute an sich hinab. Der Anzug, den er trug, war teuer gewesen, das sah er auf den ersten Blick. Er saß wie angegossen, war zweifellos maßgeschneidert. Einige helle Flecke beseitigte er fast vollständig, indem er leicht auf den Stoff klopfte; auch das sprach für die Qualität des Materials. Seine Schuhe waren modisch und sahen ebenfalls nicht billig aus.

Er hätte die Inspektion seiner Person gern fortgesetzt, doch irgend etwas trieb ihn an, sich umgehend zu entfernen, eine gewisse Distanz zwischen sich und den Ort zu bringen, an dem er erwacht war. Und so gern er diese seine Umgebung genauer erkundet hätte – eigentlich untersuchen mußte, um sich dringend benötigte Informationen zu verschaffen –, so genau wußte er, daß er mit allem scheitern würde, woran ihm lag, wenn er noch länger hier verweilte. Es war höchste Zeit – er mußte fort von hier.

Er schaute noch einmal kurz zurück, machte einen beträchtlichen Wirrwarr der Zerstörung aus und versuchte, sich das allgemeine Bild und einige wenige Einzelheiten einzuprägen. Auch den Weg, den er nahm, merkte er sich genau. Vielleicht konnte er zu einem späteren Zeitpunkt, wenn er sich von der Gefahrlosigkeit des Unternehmens überzeugt hatte, noch einmal hierher zurückkehren. Aber zuerst mußte er etwas Wichtigeres erledigen.

Perry Rhodan töten ...

Auf den Straßen herrschte dichtes Gedränge. Wirklich mühelos, völlig instinktiv, als hätte er sein Leben lang nichts anderes getan, mischte er sich unter die Menge, ließ sich von ihr mitziehen, verschmolz mit ihr und ging in ihr auf. Er beging nicht den Fehler, über die Schulter zurückzuschauen, ob ihm jemand folgte, ließ sich statt dessen an den Rand des Menschenstroms treiben, wo er unauffällig in eine andere Straße abbiegen konnte. Er wiederholte dieses Manöver drei- oder viermal, ging zügig, ohne durch allzu große Eile auf sich aufmerksam zu machen, und hatte nach zwanzig Minuten unbehelligt über zwei Kilometer zurückgelegt.

Nun ließ er es gemächlicher angehen, schlenderte fast, bog in eine breite Geschäftsstraße ein, blieb immer wieder vor Schaufensterfronten stehen. Hier am Rand des SEKTORS 1 gab es seit der Restaurierung des historischen Stadtkerns wieder dezentralisierte Ladenlokale, konnte man noch bummeln, wenn auch nicht unbedingt zu den Stoßzeiten nach den Schichtwechseln. Während er so tat, als würde er die Auslagen betrachten, hielt er im Glas Ausschau nach Spiegelungen von Personen, die stehenblieben, wenn er stehenblieb, und weitergingen, wenn er weiterging. Er konnte keine ausmachen.

Er wurde nicht verfolgt. Im Augenblick befand er sich in relativer Sicherheit.

Sicherheit wovor?

Ihm wurde klar, daß er über seine Lage nachdenken mußte. Die ihm offenstehenden Möglichkeiten erörtern, Entscheidungen über sein weiteres Vorgehen treffen.

Was wollte er überhaupt?

Perry Rhodan töten, stellte der Gedanke sich uneingeladen bei ihm ein. *Bei der Ankunft auf dem Raumhafen ... die offizielle Begrüßung ...*

Also gut – wo bot sich ihm Gelegenheit für ungestörte Kopfarbeit? Er schaute sich kurz um, machte das grelle

Neonreklameschild einer Singlebar aus, wie es sie überall auf Ruppet gab. Hier trafen sich die Alleinstehenden, die ohne festen oder die mit unwilligem Partner, die den Drang verspürten, dem Gebot des Großen Ruppet zu folgen. *Gehet hin und vermehret euch!* dachte er. Zu dieser Zeit am späten Vormittag war in den Bars nicht viel los; diejenigen, die in der Nachtschicht arbeiteten und danach Anschluß suchten, hatten ihn schon längst gefunden, und die, die vor Beginn der Spätschicht ihren Teil zur Vermehrung der Ruppeter beitragen wollten, mußten sich ebenfalls schon so gut wie einig sein, wenn sie noch pünktlich zur Arbeit erscheinen wollten.

Er betrat die Bar. Wie er es sich gedacht hatte, war sie kaum besucht, und die wenigen Gäste, die sich in ihr aufhielten, hatten sich schon paarweise gefunden. Er steuerte einen der etwa fünfzehn unbesetzten Tische an und nahm Platz.

Kaum hatte er den obersten Knopf seines Hemdes gelockert, als auch schon eine Kellnerin neben ihm stand. Jung, gerade mal fünfundzwanzig, ein blonder, kurzgeschnittener Pagenkopf, der kunstvoll auf unfrisiert getrimmt war, ein für seinen Geschmack zu voller Busen unter einer weißen Bluse, die eng um die schmale Taille lag, ein schwarzer Rock um einladende Hüften, der anderthalb Handbreit über den Knien endete, schwarze Strümpfe, hochhackige Schuhe. Arbeitskleidung, sicher, aber er bezweifelte, daß der Besitzer oder Geschäftsführer der Bar von ihr verlangte, die obersten drei Knöpfe der Bluse offenzulassen und einen so kurzen Rock und so unfallträchtiges Schuhwerk zu tragen.

Sie gab ihm die Karte, und er warf einen kurzen Blick darauf. Das Übliche: sündhaft teures Mineralwasser garantiert natürlicher Herkunft, etwas billigere vitaminstrotzende Säfte mit einem gewissen Echtfruchtanteil, wesentlich billi-

gere Soft Drinks mit naturidentischen – sprich künstlichen – Aromastoffen aus aufbereitetem Wasser sowie letzteres pur und fast umsonst.
Als er aufblickte, bemerkte er, daß die Kellnerin noch neben seinem Tisch stand und ihn fast versonnen lächelnd ansah. Normalerweise hätte sie schon am nächsten Tisch für Umsatz gesorgt und sich zum Abschluß ihrer Runde nach seinen Wünschen erkundigt. Daß sie wartete, konnte zweierlei bedeuten: Entweder langweilte sie sich, weil sowenig zu tun war, oder er gefiel ihr. Fast erschrocken stellte er fest, daß er beinahe selbstverständlich vom letzteren ausging.
Er drehte den Kopf zum Fenster und betrachtete sein Spiegelbild darin. Ein brauner, wegen der raschen Flucht auf natürliche Weise in Unordnung geratener Haarschopf, ein ebenmäßiges, wenn auch alles andere als markantes, geschweige denn kantig-maskulines Gesicht. Er wußte, daß sein Körper durchtrainiert und an Belastungen gewöhnt war, aber nichts an ihm kündete vom übermäßigen Besuch jener Studios, in denen die bedauernswerten Menschen, die ausschließlich einer sitzenden Tätigkeit nachgingen, den Eindruck zu erwecken versuchten, sie würden zwanzig Stunden am Tag an Hochöfen arbeiten und die restlichen viereinhalb im Boxring stehen.
Der Gedanke ließ ihn lächeln. Er konnte diese Bodybuilding-Fanatiker nicht ausstehen. Ausnahmen bestätigten die Regel. Einen kannte er, dem er nicht nur professionelle Hochachtung entgegenbrachte, er hielt ihn im Prinzip auch für einen netten Kerl. Wie hieß er noch? *Fe... Fu... Fo...*
»Es freut mich, daß es Ihnen bei uns so gut gefällt«, riß die Kellnerin ihn aus seinen Gedanken, »aber trotzdem wüßte ich gern, was ich Ihnen zu trinken bringen darf.«
Verwirrt sah er sie an. Dann begriff er. Sie hatte sein

Lächeln völlig mißverstanden. *Kartoffel, Kartoffel*, schimpfte er sich. »Ein Mineralwasser«, bestellte er automatisch. »Jennys Delight, bitte.«
»Aber gern«, sagte die Kellnerin, blinzelte – einmal zuviel – und bewegte ihre unbestritten langen Beine mit einer schier unnatürlichen Sicherheit auf dem hochhackigen Schuhwerk davon.
Er konnte nicht leugnen, daß ihm der Anblick gefiel. *Wie jedem echten Ruppeter*, dachte er. *Gehet hin und vermehret euch!*
Doch er hatte im Augenblick andere Sorgen. Zur Pille, wie hieß dieser Bodybuilder gleich noch? Fe... Fu... Er wußte es nicht mehr.
Dafür wurde ihm plötzlich klar, daß er das naturreinste – und dementsprechend beste und teuerste – Getränk auf der Karte bestellt hatte. Und nicht mal wußte, ob er überhaupt Geld bei sich hatte.
Eine rasche Durchsuchung seiner Taschen ergab zu seiner Beruhigung, daß dem so war. In den Futteralen seiner Hosen fand er nichts, aber in der Innentasche der Anzugjacke steckte eine Brieftasche, und als er sie herausgeholt und geöffnet hatte, stellte er fest, daß sich zehn Zehn-Rudiga-Scheine in ihr befanden.
Die Kellnerin hatte erneut einen halsbrecherischen Gang angetreten und kehrte zu seiner Überraschung direkt vom Bartresen an seinen Tisch zurück. Offenbar war wirklich nicht viel zu tun, und er hatte sein Aussehen – oder sein Charisma – gewaltig überschätzt. »Irgendwie kommen Sie mir bekannt vor«, sagte sie.
Eine klassische Gesprächseröffnung. Er korrigierte sich. Seine Chancen waren sprunghaft gestiegen. Er mußte sich eingestehen, daß er Ruppets Dogma gern mit ihr erfüllt hätte.

Leider hatte er etwas anderes zu tun. *Perry Rhodan töten ... Perry Rhodan töten ... bei der Ankunft auf dem Raumhafen ... die offizielle Begrüßung ...*

Überrascht stellte er fest, daß es ihm alles andere als schwerfiel, ein Lächeln auf seine Züge zu zaubern. Eine geübte Geste, tausendmal wiederholt, jederzeit abrufbar. »Sie mir auch«, sagte er glatt.

»Nein, im Ernst. Ich hab' Sie irgendwo schon mal gesehen.«

Die Antwort kam über seine Lippen, ohne daß er großartig nachdenken mußte. »Man verwechselt mich oft«, sagte er. »Das passiert mir nicht zum erstenmal. Aber leider habe ich noch nicht herausfinden können, mit wem.«

Sie ignorierte seinen Scherz nicht mal. »Nein, wirklich.« Hilflos zuckte sie mit den Achseln. »Vielleicht fällt's mir ja wieder ein. Das macht achtundneunzig Rudiga«, sagte sie. »Wir sind angehalten, sofort zu kassieren«, fügte sie hinzu und verdrehte entschuldigend die Augen.

Achtundneunzig Rudiga! Fast seine gesamte Barschaft. »Natürlich«, überging er sein Entsetzen gewandt. »Kein Problem. Ich kenne das. Manchmal haben Ihre Gäste es so eilig, das Lokal zu verlassen, daß sie zu bezahlen vergessen würden, hätten Sie nicht sofort abkassiert.«

»Ja, genau«, sagte sie und erneuerte ihr strahlendes Lächeln. »Ich habe übrigens erst um zwanzig Uhr Dienstschluß. Wir arbeiten zur Zeit zu zweit in drei Schichten. Unsere dritte Kollegin hat Mutterschaftsurlaub, und ich teile mir ihren Dienst mit der von der Nachtschicht. Sechslinge, hat der Arzt bestätigt. Die Schwangerschaft verläuft völlig normal. Die Glückliche!« Erneut das Verdrehen der Augen, diesmal noch übertriebener. »Ich beneide sie wirklich. Heute abend habe ich noch nichts vor, und morgen ist mein freier Tag. Und übermorgen fängt die

Aushilfskraft an, und wir haben wieder unseren normalen Achtstundentag in drei Schichten.«

War das eine bloße Information oder eine Einladung? Die Kellnerin verwirrte ihn. Er hatte den Eindruck, solche Gespräche normalerweise nicht zu führen, aber die Situation trotzdem problemlos handzuhaben. Er öffnete die Brieftasche wieder und reichte ihr die Scheine. »Stimmt so«, sagte er.

Er mußte sich eingestehen, sie gefiel ihm. Er konnte sich keinen Reim darauf machen, ob sie unglaublich naiv war oder nur mehr oder weniger geschickt mit ihm anzubändeln versuchte. Andererseits störte sie ihn. Er hatte keine Zeit, mit ihr zu flirten. Er mußte nachdenken, hatte ganz andere Probleme.

Perry Rhodan töten ...

»Um zwanzig Uhr«, sagte er. »Gut, das zu wissen.«

»Ich heiße Kara«, sagte sie.

»Und ich bin ...« Er verstummte. Zur Pille noch mal – wer war er?

Er wußte es nicht.

Er wußte nicht, wer er war.

Er wußte nur eins.

Perry Rhodan töten ...

2

Ruppet ist der dritte Planet der Sonne Marneb. Sie ist dem Kugelsternhaufen 47 Tucani vorgelagert, der auch als NGC 104 bekannt ist, etwa 15.000 Lichtjahre in Richtung Kleiner Magellanschen Wolke vom Solsystem entfernt. Es handelt sich dabei um eine Sternenballung älterer Generation, was bedeutet, daß man dort überdurchschnittlich viele alte Sonnen findet, hauptsächlich Rote Riesen, die nur selten bewohnbare Planeten haben. Aufgrund dieses Umstands und der Tatsache, daß die Zentralregion des Kugelsternhaufens eine enorm hohe Sternendichte aufweist, die den Raumverkehr zur damaligen Zeit wesentlich stärker behinderte, als es heute der Fall ist, blieb die Zahl der Schiffe, die zwecks Erkundung in ihn einflogen, eher gering. NGC 104 wurde niemals offiziell besiedelt; ob sich dort weitere »verlorene« Kolonien wie Ruppet befinden, ist auch heute noch unbekannt.

Das Marneb-System verfügt über acht Planeten und ähnelt damit verblüffend dem Solsystem, von zwei Ausnahmen abgesehen: dem eingefangenen neunten Planeten Pluto und dem Asteroidengürtel zwischen Mars und Jupiter. Den vier inneren »schweren« schließen sich vier äußere »leichte« Planeten an. Ruppet ist der dritte und einzig bewohnbare Planet des Systems; die Welten I und II sind Gluthöllen, IV ist zu klein und zu kalt für eine Besiedlung durch Menschen, V bis VIII sind Gasriesen – eine weitere Übereinstimmung mit dem Solsystem.

Mikail Tyssen Kais (Hrsg.), Encyclopaedia Universalia, Eintrag: 47 Tucani, bewohnbare Welten (Auszug), Nembar: Verlag HDS 3000f.

Didjeh Fohrtuhn
Ein Paradies für Agenten

In seinem Kopf bemühte die Hälfte der Bevölkerung sich gleichzeitig, Ruppets Gebot gerecht zu werden, und ihre Bewegungen erzeugten dabei Schwingungen, die sich durch alle 1024 SEKTOREN von Ruppet City ausbreiteten. Dabei bildeten sie Interferenzen, die den Planeten auseinanderzureißen schienen, dann aber im letzten Augenblick von diesem Vorhaben abließen und sich statt dessen in eben seinem Gehirn zusammenfanden.
Als er die Augen öffnete, sah er in Didjeh Fohrtuhns Gesicht. Es war verschwommen, aber unverkennbar. Nach wenigen Sekunden hatte sein Blick sich so weit geklärt, daß er auch die breiten Schultern, muskulösen Arme und den massigen, aber alles andere als fetten Oberkörper ausmachen konnte.
»Wie haben Sie mich gefunden?« knurrte er. »Ich war überzeugt, Sie abgeschüttelt zu haben.«
»Das haben Sie auch, Sir«, bestätigte Fohrtuhn. »Aber dann sind Schüsse gefallen, und ich bin einfach in die Richtung gelaufen, in der ich sie gesehen habe, und dann fand ich Sie hier.«
Nerval Rodrik schüttelte sich. Er konnte nur kurz ohnmächtig gewesen sein und auch keine gravierenden oder dauernden Schäden davongetragen haben, denn sein Gehirn arbeitete bereits wieder normal. »*Gesehen?*« sagte er. »Sie haben Schüsse *gesehen* und nicht *gehört?*«
»Ja, Sir. Keine einheimischen Waffen, sondern Thermostrahler.«

»Thermostrahler«, wiederholte Nerval. Allmählich erfaßte er die Situation im größeren Überblick. Ein ungutes Gefühl stellte sich ein. Nicht nur, daß die geheime Kontaktaufnahme jämmerlich gescheitert war, man hatte ihn bewußtlos geschossen, und dann war auch noch ein Thermostrahler ausgelöst worden.
Das ungute Gefühl entwickelte sich sprunghaft zu kaltem Grauen. Paralysatoren und Thermostrahler – Waffen, die auf Ruppet genauso selten waren wie Gleiter und Vurguzz. Seitdem ein Schiff der Explorer-Flotte sich im Vorfeld des Kugelsternhaufens 47 Tucani umgeschaut hatte und dabei zufällig auf die vor etwa fünfeinhalb Jahrhunderten »verlorengegangene Kolonie« Ruppet gestoßen war, hatte es zwar einen gewissen – eher einseitigen – Austausch von Technologie gegen Rohstoffe gegeben, doch die galaktischen Imperien hielten sich dabei sehr zurück.
Nerval konnte es ihnen eigentlich auch nicht verdenken. Alle Staatenbünde, die mittlerweile in Kontakt mit Ruppet standen – das Solare Imperium, der Carsualsche Bund, das Imperium Dabrifa, die Zentral-Galaktische Union –, legten großen Wert darauf, daß die Welt sich ihnen anschloß, doch noch war die Mehrheit der Bevölkerung entschlossen, Ruppets Gebote zu befolgen und einen eigenen Weg zu gehen. Trotzdem war es nach über fünfhundert Jahren zur Bildung einer Opposition gekommen, die den Anschluß an die galaktische Gemeinschaft forderte und rasante Zuwachsraten aufwies.
Dabei konnte die amtierende und demokratisch gewählte Regierung von Glück sagen, daß die Andersdenkenden untereinander unversöhnlich zerstritten waren – die Anhänger des Solaren Imperiums verabscheuten die der beiden anderen Machtgebilde mehr als die Lehren Ruppets, was ebenso umgekehrt galt. Daher stellte die Ruppet-Partei

im Parlament die Mehrheit – aber keine absolute. Sie hatte etwa ein Drittel der Wählerstimmen auf sich vereinigt – genau wie die Fraktion, die den Anschluß ans Solare Imperium forderte – und war bei Gesetzesvorlagen auf stets wechselnde Koalitionen mit einer der anderen Parteien angewiesen.
Die Regierungsfähigkeit blieb einzig und allein deshalb gegeben, weil die anderen Fraktionen, die Dabrifisten, Unionisten und Carsualisten, eher der Auflösung der Ehe und dem pflichtweisen viermaligen Beischlaf pro Tag zugestimmt hätten als einem Gesetzesantrag der Solaristen. Wären die Imperialisten – die Bezeichnung für alle Anhänger der Öffnung gegenüber einem der galaktischen Reiche – sich einmal einig, müßte er von Stund an mit siebzig Prozent seiner Bezüge in den Ruhestand gehen.
Andererseits könnte er dann diverse der ihm immer wieder angebotenen Beraterverträge akzeptieren, für große Konzerne tätig werden und sich eine Wohnung im Diplomatenviertel leisten, die zehnmal größer war als die, die er jetzt besaß ...
»Sie sind verletzt, Sir«, sagte Fohrtuhn, der sein lange anhaltendes Schweigen offenbar völlig falsch interpretiert hatte. »Ich rufe eine Ambulanz.«
»Unsinn!« Nerval rappelte sich auf. »Thermostrahler«, wiederholte er. »Und Paralysatoren.« Er vermutete, mit einer solchen Waffe betäubt worden zu sein. »Das bedeutet ...« Er verstummte.
So ganz war sein Denkvermögen offenbar noch nicht wiederhergestellt. Die wenige High-Tech, die Ruppet importieren konnte, befand sich in Händen der Regierung oder weniger superreicher Industrieller. Ansonsten behielten die galaktischen Reiche sowohl ihre Technik als auch ihre Kenntnisse für sich. Er ging nicht davon aus, daß irgend-

welche Konzernchefs ihn in diese Falle gelockt hatten; als Sicherheitsminister hätte er es eigentlich wissen müssen, wenn Regierungseinheiten hier aktiv waren.
»Das bedeutet«, nahm er den Faden wieder auf, »daß hier Außenweltler am Werk sein müssen. Aber das stand ja schon fest, als unser Gleiter beschossen wurde.«
»Was wollten Sie überhaupt hier, Sir?« fragte Fohrtuhn.
Nerval lachte im Geiste kurz auf. Er würde die Pille tun und seinem Staatssekretär die Wahrheit sagen. Aber er mußte ihm irgendeine plausible Erklärung für sein zugegebenermaßen ungewöhnliches und befremdliches Verhalten geben.
»Ich habe einen Hinweis bekommen«, stöhnte er gespielt gequält, um immer wieder Pausen einlegen und so noch etwas wertvolle Zeit gewinnen zu können. »Aus einer normalerweise gut unterrichteten Quelle. Konkrete Verdachtsmomente. Jemand plant ein Attentat auf Perry Rhodan.«
»Ein ... Attentat auf Rhodan?« echote Fohrtuhn fassungslos – oder zumindest gut gespielt. »Und da gehen Sie auf eigene Faust vor, anstatt Alarmstufe eins auszulösen?«
Der Einwand des Mannes war völlig glaubhaft und berechtigt. Im Prinzip war Didjeh Fohrtuhn ein zuverlässiger Mann, ein Könner auf seinem Gebiet, doch seit etwa einem halben Jahr war er außer Rand und Band. Rodrik glaubte, den Beginn seiner Veränderung sogar genau lokalisieren zu können: Angefangen hatte es bei einer Trainingseinheit – Nahkampf mit Messern –, bei der Didjeh ihn unabsichtlich verletzt hatte. Keine schwerwiegende Wunde, Ruppet bewahre, aber sie hatte stark geblutet, und einem Profi hätte so etwas niemals passieren dürfen. Didjeh schien die Kontrolle über sich verloren zu haben, und die Nachlässigkeiten hatten sich danach fortgesetzt, wenn nicht sogar noch verstärkt.

»Dazu ist noch Zeit genug«, erwiderte er und tastete sich schnell ab. Er war in der Tat unverletzt; auch der Thermostrahler aus der Produktion des Solaren Imperiums, mit dem er als Sicherheitsminister selbstverständlich ausgerüstet war, steckte noch an Ort und Stelle. Er konnte also nur für wenige Minuten oder gar nur Sekunden das Bewußtsein verloren haben.

Das widersprach allerdings den Kenntnissen, die er über die Wirkungsweise von Paralysatoren hatte ...

Darüber konnte er sich später Gedanken machen. Jetzt galt es, den Schaden zu begrenzen und gleichzeitig Fohrtuhns eventuelles Mißtrauen zu zerstreuen.

Rodrik zog seine Waffe. Die Tür des Hauses, auf deren Schwelle er außer Gefecht gesetzt worden war, stand noch immer offen. Zwar war damit zu rechnen, daß die Übeltäter längst ausgeflogen waren – falls sie sich überhaupt in diesem Gebäude befunden hatten –, doch er mußte auf Nummer Sicher gehen. »Ich sehe nach, was da los ist«, sagte er, »und Sie kehren zum Gleiter zurück und alarmieren die Sicherheitskräfte.«

Zu seiner Überraschung schüttelte Fohrtuhn energisch den Kopf. »Dazu ist später Zeit genug«, wiederholte er seine Worte. »Ich begleite Sie.«

»Auf keinen Fall«, sagte Nerval und trat neben die Tür.

»Ich habe schon mal Ihre Befehle befolgt und Sie allein ziehen lassen«, wandte sein Stellvertreter ein. Er hatte ebenfalls seine Waffe gezogen. Der fast versiegte Strom der Demonstranten, die aus der Innenstadt drängten, war ins Stocken geraten. Immer mehr Ruppeter blieben stehen und schauten neugierig zu ihnen herüber. »Wir beide wissen, was sich daraus entwickelt hat. Soll sich so etwas wiederholen? Vielleicht kommen Sie diesmal nicht so billig davon.«

Rodrik nickte knapp, stieß die Tür vollends auf und drehte sich in den dahinter befindlichen Raum, den schußbereiten Thermostrahler in beiden Händen. Ihm bot sich ein Bild der Zerstörung, das ihn im Augenblick jedoch nicht sonderlich interessierte. Eine weitere Tür führte in einen Hinterraum; auch dieser war, wie der vordere, verlassen und verwüstet worden. Durch die ebenfalls geöffnete Hintertür konnte man eine schmale Gasse betreten, auf der sich niemand aufhielt. Seine Vermutung hatte sich als richtig erwiesen – wer auch immer ihn überfallen hatte, er hatte das Weite gesucht. Er kehrte in den Hauptraum zurück, der noch von Fohrtuhn gesichert wurde. »Keine unmittelbare Gefahr«, sagte er. »Hier ist niemand mehr.«
Sein Stellvertreter ließ den Strahler sinken. »Und was«, fragte er, »wenn der Raum mit einem Sprengsatz gesichert gewesen wäre, der beim Eindringen Unbefugter explodiert? Wir hätten Verstärkung rufen sollen. Sie sind unverantwortlich leichtsinnig vorgegangen.«
Nerval kniff die Augen zusammen. Wollte Fohrtuhn ihn herausfordern – hatte er es auf seinen Job abgesehen? Oder nahm er das Vorgehen seines Vorgesetzten als Anlaß, von den Patzern abzulenken, die ihm in letzter Zeit unterlaufen waren?
Oder hatte er sich schlichtweg wieder gefangen und die Situation mit einer kalten Professionalität analysiert, an der Rodrik es im Augenblick zu mangeln schien?
Der Sicherheitsminister nickte erneut. Er war nicht so dumm, sich auf eine Diskussion einzulassen, in der er unhaltbare Positionen hätte verteidigen müssen. Und er durfte Fohrtuhn nicht den wahren Grund für seine Anwesenheit an diesem Ort verraten.
Ihm lagen zweifelsfreie Hinweise vor, daß es in seinem Ministerium in hoher Position eine undichte Stelle gab.

Einen Verräter, der mit einem der galaktischen Machtblöcke zusammenarbeitete. Sein unbekannter Kontaktmann, der ihm schon öfter Informationen zugespielt hatte, die sich bislang stets als zuverlässig erwiesen hatten, hatte sich hier mit ihm treffen wollen, um ihm die Identität des Spitzels zu verraten. Er war nur darauf eingegangen, weil er einen Zusammenhang mit dem anstehenden hohen Staatsbesuch vermutete.
Daß man ihn in eine Falle gelockt hatte, war ihm mittlerweile klar. Nur verstand er die Natur dieser Falle noch nicht. Und Didjeh Fohrtuhn durfte nichts von diesen Hintergründen erfahren; schließlich war nicht ausgeschlossen, daß es sich bei *ihm* um den Überläufer handelte.
Oder hatte man ihn etwa lediglich hierherbestellt, um ihn mit der Nase auf die geheime Anlage im Inneren dieses Hauses zu stoßen? Aber wer würde so etwas tun? Und zu welchem Zweck?
»Sie haben recht«, gestand er seinem Stellvertreter ein. Hier war wirklich etwas oberfaul. Schon die flüchtigen Blicke, die er auf die Geräte in den beiden Räumen geworfen hatte, verrieten ihm, daß sie nicht – oder zumindest zum Großteil nicht – aus ruppetischer Fabrikation stammten. Zwar erschwerte der Umstand, daß sie mehr oder weniger rigoros zerstört worden waren, eine sofortige Erkenntnis über ihren Sinn und Zweck, aber ihre allgemeine Herkunft war eindeutig: Sie stammten aus einem der galaktischen Reiche.
Fohrtuhn hatte es ebenfalls erkannt. »Hier haben Fremdweltler ihr Süppchen gekocht«, sagte er.
»In der Tat«, stimmte der Minister zu.
»Was vermuten Sie?« fragte der Staatssekretär. »Sind wir hier auf eine Spionagezentrale eines der galaktischen Reiche gestoßen?«
Täuschte Nerval sich, oder machte er tatsächlich Mißtrauen

in Fohrtuhns Augen aus? Argwohn darüber, daß sein Vorgesetzter völlig unprofessionell vorgegangen war und die Verfolgung eines Straftäters aufgenommen hatte, statt dies den Sicherheitskräften zu überlassen, von denen es in der näheren Umgebung geradezu wimmelte, und dabei *völlig zufällig* über die getarnte Basis einer fremden Macht gestoßen war?

»Es sieht so aus«, sagte Rodrik.

»Ruppet ist wirklich ein Paradies für Agenten«, sagte Fohrtuhn leicht knirschend.

Nerval wußte, was er damit meinte. Allein aufgrund der technischen Überlegenheit der Fremdweltler konnten Spione der galaktischen Reiche auf Ruppet nahezu ungestört schalten und walten, wie es ihnen beliebte. Mit der geringen Technologie, die Ruppet importierte, konnte man ihnen nicht Paroli bieten. Lediglich der Umstand, daß alle Machtblöcke das gleiche Ziel verfolgten – den Anschluß des Planeten an ihr jeweiliges Imperium – und aufmerksam über die Aktivitäten der anderen wachten und sie nach Möglichkeit zu durchkreuzen versuchten, verlieh seiner Arbeit überhaupt noch eine rudimentäre Aussicht auf Erfolg.

Nein, es gab nichts daran zu rütteln, und weder er noch die Regierung, der er angehörte, machten sich etwas vor: Ihr Planet war in der Tat ein Paradies für Agenten.

Er rief sich zur Ordnung. Er zauderte und hing seinen Gedanken nach, statt die notwendigen Schritte einzuleiten. Dieses Verhalten war völlig atypisch für ihn; so ging es nicht weiter. Er mußte endlich handeln.

»Kehren Sie zum Gleiter zurück und schlagen Sie Alarm!« befahl er seinem Stellvertreter. »Rufen Sie die Sicherheitsstufe eins aus!«

Mit einem schwachen Lächeln griff Fohrtuhn in die

Innentasche seiner Anzugjacke, holte ein Funkgerät hervor, schaltete es ein und reichte es seinem Vorgesetzten. »Hier Zentrale«, erklang die metallisch scheppernde Stimme des Einsatzleiters aus dem kleinen Lautsprecher.

»Hier Rodrik«, sagte er. »Von sofort an gilt Sicherheitsstufe eins. Gehen Sie nach Plan Delta vor. Bevollmächtigung Apso Lhasa Jenny eins.«

»Verstanden«, bestätigte der Einsatzleiter und wiederholte dann seine Anweisung, um jedes Mißverständnis auszuschließen. »Sicherheitsstufe eins. Plan Delta. Bevollmächtigung Apso Lhasa Jenny eins.«

Aufgrund des bevorstehenden Staatsbesuchs – schließlich wurde kein geringerer Gast als Perry Rhodan persönlich erwartet, der Großadministrator des Solaren Imperiums und damit des bedeutendsten galaktischen Reichs – konnte Nerval diese durchgreifende Anordnung vertreten. Von diesem Augenblick an liefen alle Rädchen des Sicherheitsministeriums auf Hochtouren.

Sicherheitsstufe eins bedeutete die Mobilisierung sämtlicher eigentlich dienstfreier Einheiten des Sicherheitsministeriums, die Abschottung des Raumhafens und die Abriegelung des SEKTORS 1. Es war schlichtweg unmöglich, sämtliche Ruppeter aufzugreifen, die SEKTOR 1 verlassen oder betreten wollten, doch die Einsatzkräfte hatten Anweisung, sämtliche Personen, die sich in irgendeiner Hinsicht auffällig benahmen, festzunehmen und für die gesetzlich zulässige Dauer – maximal vierundzwanzigeinhalb Stunden – auch festzuhalten.

»Schicken Sie zwei Hundertschaften hierher«, fuhr er fort und nannte die Adresse. »Bevorzugter Gleitereinsatz. Die erste riegelt den Einsatzort auf fünfundzwanzig Meter hermetisch ab. Die Gleiter sollen unmittelbar vor dem Haus landen. Die zweite hält sämtliche Personen fest, die sich im

Umkreis von einhundert Metern aufhalten.« Er bezweifelte zwar, auf diese Weise der Personen habhaft zu werden, die sich in diesem Bereich aufgehalten und ihn außer Gefecht gesetzt hatten, konnte sich in seiner jetzigen Situation aber kein potentielles Versäumnis mehr leisten.
Kaum hatte er seine Anweisungen erteilt, als sich eine seltsame Kälte durch seinen Körper auszubreiten und ihm jegliche Kraft zu rauben schien. Er schloß die Augen und stöhnte – diesmal nicht gespielt – gequält auf. Als er schon glaubte, seine Beine würden unter ihm nachgeben, verschwand das Gefühl so abrupt wieder, wie es aufgetreten war.
Offensichtlich hatten die Ereignisse ihn doch stärker mitgenommen, als er es Fohrtuhn eingestanden hatte.
»Wir warten bis zum Eintreffen der Gleiter«, entschied er. »Sprechen Sie derweil Ihren Bericht auf Band. Dann gehen wir rein und sehen uns mal genauer an, worauf wir hier gestoßen sind.«

Bridget Märchtehn ließ den Blick kurz aus dem Fenster des Raums in der terranischen Botschaft schweifen, in dem sie sich zur Einsatzbesprechung zusammengefunden hatten. Irgendwo dort draußen war Urx-Moxiva auf der Flucht.
Das Botschaftsgebäude – das vollständig vom Solaren Imperium angemietet worden war – war eins von etwa einem Dutzend Hochhäuser in diesem Viertel. Allerdings handelte es sich nach ruppetischem Maßstab dabei um eher kleine, ja fast schon zierliche Bauwerke, die keinen Vergleich mit den riesigen Wohnklötzen zuließen, die ansonsten das Bild des Planeten bestimmten. Dennoch fielen sie im Botschaftsviertel auf, einem der ganz wenigen SEKTOREN, in denen sich Wohnblocks moderater Höhe mit freistehenden Villen abwechselten und die Straßen

lediglich ebenerdig verliefen und nicht vier- bis sechsbahnig übereinander errichtet waren.
Aufgrund dieses Umstands galt das Diplomatenviertel – das erst nach der Wiederentdeckung des Planeten zu einem solchen gemacht worden war – als eins der exklusivsten auf Ruppet überhaupt. Keine Frage, daß auch der Carsualsche Bund, die ZGU und das Imperium Dabrifa ihre Botschaften in Hochhäusern in diesem SEKTOR unterhielten – sie wohnten praktisch Tür an Tür –, während einige wenige andere galaktische Völker, die Gataser und Swoons etwa, wesentlich bescheidenere Vertretungen in Villen unterhielten. Und Bridget war natürlich bekannt, daß auch die anderen großen Vertretungen in ihren Botschaften Spionagezentren besaßen, in denen sie ihre Aktivitäten auf Ruppet koordinierten.
Als sie sich wieder vom Fenster abwandte, erhaschte sie die Reflexion ihres Gesichts auf dem Glas. Sie trug die Haare ganz kurz geschnitten. Jetzt, während eines Einsatzes, wiesen sie ihre natürliche dunkelblonde, ins Hellbraune gehende Färbung auf; zwischen Aufträgen oder in ihrer Freizeit trug sie die Haare gern bunt gesprayt. Mit ihrer Nase war sie nicht zufrieden; sie war der Ansicht, sie habe einen Haken, wenn auch nur einen ganz leichten. Immerhin war sie zierlich, wie es ihrem gesamten Körperbau entsprach. Bridget war nur einen Meter und fünfundfünfzig groß und brachte knapp siebenundvierzig Kilo auf die Waage. Wer sie deshalb unterschätzte, wurde im Bedarfsfall schnell eines Besseren belehrt. Sie war in zahlreichen Kampfsportarten ausgebildet und – zumindest bescheinigte ihre Personalakte ihr dies – eine energische Persönlichkeit, die manchmal etwas zu bestimmend und beharrlich und zuwenig diplomatisch war.
»Das ist das Geltungsbedürfnis nicht gerade besonders groß

gewachsener Menschen«, zog ihr Führungsoffizier sie gern und regelmäßig auf. Manche Kollegen nannten sie – nicht mal zu ihrem Leidwesen – hinter ihrem Rücken oder auch ganz offen »Hakennase«. Der einzige, der es einmal gewagt hatte, sie als »Giftzwerg« und »laufender Meter« zu bezeichnen, hatte diesen Ausdruck nie wieder in den Mund genommen, nachdem er auf der Krankenstation erwacht war und Stein und Bein schwor, er sei von einem wesentlich zu klein und zu schmal geratenen Zwerghaluter umgerannt worden.

Die Tür wurde geöffnet, und ihr Führungsoffizier betrat als letzter Teilnehmer der Einsatzbesprechung den Raum. Er war hochgewachsen, schlank und hatte dunkles Haar. Zur Zeit ähnelte er im Aussehen ein wenig ihrem obersten Chef Galbraith Deighton, doch das konnte sich schon bald wieder ändern. Ka-Eins bevorzugte es, sein Äußeres mehr oder weniger regelmäßig operativ verändern zu lassen.

»Entschuldigen Sie die Verspätung. Ich habe gerade mit Terrania gesprochen. Perry Rhodans Flug verläuft planmäßig. Die WURIU SENGU kreuzt bereits in 47 Tucani und wird den Kugelsternhaufen bald wieder verlassen«, sagte er, nahm Platz und kam dann sofort zur Sache. »Es gibt Schwierigkeiten?«

»Die Aktion war kein voller Erfolg, Ka-Eins«, bestätigte sie ihrem Vorgesetzten. »Urx-Moxiva hielt sich im Zielobjekt auf und konnte fliehen.« Trotzig schob sie ihren Kopf vor. »Bei seiner Überwachung muß ein Fehler unterlaufen sein.«

»Den Sie nicht zu verantworten haben«, bestätigte Ka-Eins ihre unterschwellige Rechtfertigung. »Kann er einen Transmitter benutzt haben?«

Der für die ortungstechnische Überwachung zuständige Sheuren schüttelte den Kopf. War die Hakennase für den

langweiligen Durchschnitt etwas zu kurz geraten, stellte er das genaue Gegenteil dar. Er war groß und so schlank, daß ein unvoreingenommener Beobachter befürchten konnte, er würde zerbrechen, wenn er sich allzu rasch bewegte. Die beiden arbeiteten sehr häufig zusammen, und man munkelte, daß Sheuren es darauf abgesehen hatte, nicht von Bridget Märchtehn getrennt zu werden, und deshalb Beförderungen oder Versetzungen gezielt torpedierte. Andererseits war er ein Mann, der kein Blatt vor den Mund nahm. Seinen letzten Beförderungsstop hatte er sich eingefangen, als er einem seiner Meinung nach nicht besonders fähigen Vorgesetzten unterstellt hatte, er sei imstande, aus Exkrementen – er hatte ein wesentlich unfeineres Wort benutzt – »Frikadellen zu machen«, was gleichzeitig auf seine Vorliebe für die einfache, aber klassische terranische Küche hinwies.
»Wir haben keinerlei Emissionen festgestellt«, sagte er nun. »Auch ein Deflektorschirm scheidet aus. Wir hätten es auf jeden Fall angemessen.«
»Außerdem haben wir im Zielobjekt keinen Transmitter gefunden«, fügte Bridget hinzu.
»Sind Sie sicher, daß es sich bei dem Flüchtigen um Urx-Moxiva gehandelt hat?« fragte Ka-Eins seine Agentin.
Bridget zuckte mit den Achseln. »Er hat sich nicht ausgewiesen«, sagte sie auf die ihr eigene schnippische Art. »Ich habe eine über zwei Meter große, sehr hagere und feingliedrige Gestalt mit fast farbloser Haut ausgemacht, die das Zielobjekt fluchtartig verließ, und könnte beschwören, daß es ein Ara war. Unseres Wissens ist Urx-Moxiva zur Zeit der einzige Vertreter dieser Spezies auf Ruppet. Und er arbeitet für das Imperium Dabrifa und hat entscheidenden Anteil an deren Operation. Das sind mir einige Zufälle zuviel. Wenn seine Überwachung funktioniert hätte ...«

»Die Aufzeichnungsgeräte haben ihn nicht erfaßt«, warf Sheuren ein, womit er einerseits die nächste Frage des Führungsoffiziers vorwegnahm und andererseits verhinderte, daß seine Kollegin erneut auf dem leidigen Thema herumritt. »Bridget hat den Raum als erste betreten. Außer ihr hat ihn keiner gesehen.«
»Seine Überwachung hat funktioniert«, meldete Nerge Nau sich zu Wort. Der etwa sechzig Jahre alte und eigentlich viel zu früh ergraute, etwas schwerfällig wirkende Kollege war für die Observation der Gegenseite verantwortlich. »Er ist nicht in der Nähe des Zielobjekts ausgemacht worden. Dafür lege ich meine Hand in den Konverter. Allerdings«, gestand er ein, bevor man ihn darauf ansprechen konnte, »haben meine Leute ihn knapp eine Stunde vor Beginn der Aktion aus den Augen verloren.«
»Hat er bemerkt, daß er beschattet wurde?« fragte Ka-Eins. Nau schüttelte den Kopf und verdrehte die Augen. »Ein Verkehrsstau«, sagte er. »Er hat eine Ampel geschafft, unsere Leute nicht mehr. Danach ging nichts mehr. Sie hängen noch immer fest. Eine Auswirkung der von Kollegin Märchtehns Abteilung inszenierten ungenehmigten Demonstration«, konnte er sich einen kleinen Seitenhieb nicht verkneifen.
Für Ruppet ein ganz normaler Vorgang, befand Bridget allerdings. Gegen die absolut chaotischen Verkehrsverhältnisse auf dem Planeten waren alle machtlos. Sie würden sich wohl niemals an diese Zustände gewöhnen können, während sie für die Ruppeter naturgemäß völlig alltäglich waren.
»Wie dem auch sei«, rief Ka-Eins sie zur Ordnung und beendete damit den kleinen Zwist unter den Kollegen, »das Kind ist in den Brunnen gefallen. Was nun?«
»Der zeitliche Rahmen ist vorgegeben«, sagte Sheuren.

»Nach Rhodans Abflug kann Urx-Moxiva so laut Zeter und Mordio schreien, wie er will. Er wird es aber nicht tun. Dann müßte das Imperium Dabrifa nämlich eingestehen, auf Ruppet eine verdeckte Aktion durchgeführt zu haben, und die Ruppeter verstehen in dieser Hinsicht keinen Spaß. Die Delegation müßte mit der Ausweisung rechnen. Ganz abgesehen von dem galaktopolitischen Skandal, daß das Imperium Dabrifa tatsächlich versucht hat, den Großadministrator des Solaren Imperiums zu ermorden.«

Ka-Eins nickte. An diese ungeschriebenen Gesetze hielten sich sämtliche Abwehrdienste. Alle unternahmen solche Aktionen, und die Dienste aller anderen Reiche wußten davon – nur erwischen lassen durfte man sich nicht.

»Ich sehe es ähnlich. Das einzige Problem sind die nächsten« – er schaute auf das Chronometer – »gut dreißig Stunden.«

»Urx-Moxiva wird versuchen, seine Kollegen zu warnen«, sagte Nerge Nau.

»Davon können wir ausgehen«, gab Bridget ihm recht. »Die Gegenseite weiß längst, daß sie ihren Plan nicht wie vorgesehen durchziehen kann und ihre Aktion in höchstem Maß gefährdet ist. Sie weiß allerdings nicht genau, was in dem Labor geschehen ist. Aber für jedwede Korrekturen ist es zu spät. Sie kann nur darauf hoffen, daß der Attentäter sein Ziel erreicht, und wird sich darauf beschränken, alle Spuren zu verwischen, falls er doch scheitern und ergriffen werden sollte. So gesehen ist die Anwesenheit und Flucht des Aras kein Beinbruch.«

»Zumal wir seit Beginn der Aktion die Frequenz stören, auf der der Funkverkehr zwischen der Dabrifa-Einsatzzentrale und ihren Außenagenten abgewickelt wird«, warf Sheuren ein. »Das bietet zwar keine absolute Sicherheit, aber zumindest Anlaß zur Hoffnung, daß Urx-Moxiva nicht einfach einen Funkspruch abstrahlen kann. Nur diese Frequenz ist gesichert, auf allen anderen könnte jeder mithören, und das ist dem Ara zu riskant. Er wird es zumindest nicht wagen, ins Detail zu gehen. Aber du vergißt unseren Maulwurf«, fügte er hinzu. »Er befindet sich an vorderster Front und ist über das Geschehen vollständig informiert.«

»Rodrik hat die Sicherheitsstufe eins ausgelöst«, hielt Bridget dagegen. »Es dürfte dem Maulwurf schwerfallen, sich unter diesen Umständen an uns oder die Dabrifa-Abwehr zu wenden, für die er ebenfalls tätig ist.«

»Gerade diese Umstände erleichtern es ihm, Kontakt mit seinen Auftraggebern aufzunehmen«, widersprach Sheuren.

»Die Gegenseite wird versuchen zu retten, was zu retten ist«, sagte Ka-Eins. »Sie muß aktiv werden und alles daransetzen, den ursprünglich von ihr herbeigeführten Zustand wiederherzustellen. Das ist unsere Chance. Wir haben genaue Kenntnisse über Struktur und Vorgehensweise der gegnerischen Organisation. Nau, Sie verstärken die Überwachung der feindlichen Agenten und setzen alles daran, jede Kommunikation zwischen ihnen, dem Maulwurf und Urx-Moxiva zu verhindern. Sheuren, Sie und Ihre Leute halten den Maulwurf unter Beobachtung und versuchen, den Ara zu finden. Verhindern Sie unter allen Umständen, daß der Maulwurf und Urx-Moxiva Kontakt mit Dabrifa-Agenten aufnehmen.«

»Und was, wenn wir Urx-Moxiva finden?«

Bridget Märchtehn bedachte ihn mit einem strahlenden Lächeln. »Mein Lieber, dann liquidierst du ihn kurz und schmerzlos. Verdient hat er es allemal.«

Er ließ sich von der Menge treiben, bemühte sich, einerseits so unauffällig wie möglich zu wirken und andererseits festzustellen, ob er verfolgt wurde. Aus irgendeinem Grund tat

er dies ganz automatisch, als wäre es ihm in Fleisch und Blut übergegangen, als widmete er seiner Umgebung stets mehr Aufmerksamkeit, als ein Normalsterblicher es tat. Aber es blieb bei dem Versuch; er konnte sich nicht darauf konzentrieren. Seine Gedanken galten etwas ganz anderem.
Perry Rhodan töten ...
Seiner mehr als nur merkwürdigen Situation.
Bei der Ankunft auf dem Raumhafen ... die offizielle Begrüßung ...
Er rekapitulierte, zum fünfzigsten Mal in genauso vielen Minuten, ohne auch nur einen Schritt weitergekommen zu sein. Er wußte, wo er war. In SEKTOR 1 von Ruppet City. Er hatte ihn soeben verlassen, hielt sich nun im benachbarten SEKTOR 9 auf. Er kannte sich also hier aus; die Stadt war ihm vertraut.
Aber er wußte nicht, wer er war. Er kannte seinen Namen nicht; er wußte nicht, ob er verheiratet war, wie viele Kinder er hatte, womit er sich seinen Lebensunterhalt verdiente, wo er wohnte. Alle persönlichen Daten schienen aus seinem Gedächtnis gelöscht worden zu sein.
Oder hatte es solche Daten nie gegeben? Nicht einmal das war ihm bekannt.
Er kniff die Lider zusammen, als sich eine weitere Welle von Kopfschmerzen ankündigte. Es begann stets mit einem schwachen Pochen irgendwo in seinem Hinterkopf, das dann schnell an Stärke und Intensität gewann und sich ausdehnte, bis es seine Augen erreichte und er glaubte, alles doppelt zu sehen.
War er verletzt worden? Hatte er einen Schlag auf den Kopf abbekommen? Einen Schock erlitten? War seine partielle Amnesie Folge eines Unfalls? Was war geschehen?
Die Antwort blieb die gleiche. Er wußte es nicht.
Was wußte er?

Perry Rhodan töten ... bei der Ankunft auf dem Raumhafen ... die offizielle Begrüßung ...
Die Kopfschmerzen ließen allmählich wieder nach.
Er war irgendwo zu sich gekommen, hatte eine Singlebar betreten, automatisch ein sehr teures Getränk bestellt, gerade noch so viele Rudiga bei sich gehabt, daß er seine Zeche bezahlen konnte, sonst aber nichts, wie er mittlerweile festgestellt hatte. Die Brieftasche war bis auf die Geldscheine leer gewesen, hatte weder eine Identicard noch andere Dokumente enthalten. Er trug nichts bei sich, was ihm zu einer Identifizierung verhelfen konnte; er hatte sich auf einer öffentlichen Toilette in einer Kabine eingeschlossen und bis auf die Haut ausgezogen, seinen Körper abgesucht. Er hatte auf Tätowierungen gehofft, aber nur überdurchschnittlich viele Narben entdeckt und ansonsten festgestellt, daß er zwar durchtrainiert und athletisch war, kein Gramm Fett am Leib zuviel hatte, aber nicht gerade auffällig muskulös war.
Dann hatte er sich seine Kleidung vorgenommen. Festgestellt hatte er lediglich, daß sie von exquisiter Qualität und dementsprechend kostspielig war, aber nicht den geringsten Fingerzeig auf ihre Herstellung bot. Sie war maßgeschneidert, und ihm war aufgefallen, daß man ein Etikett entfernt hatte. Er konnte allerdings nicht sagen, ob dies routinemäßig geschehen war oder man auf diese Weise verhindern wollte, daß er den Schneider aufspüren und so Hinweise auf seine Identität bekommen konnte.
Kaum hatte er die Toilette wieder verlassen, als er über die wie selbstverständliche Methodik gestaunt hatte, mit der er vorgegangen war. Seine Fähigkeit zum analytischen, logischen Denken war geschärft, und das war die erste echte und relevante Information über seine Person, die ihm vielleicht weiterhalf.

Ansonsten – Leere. Nur eins drängte sich immer wieder in den Vordergrund seines Empfindens, obwohl er nicht darum gebeten hatte und auch nicht recht etwas damit anzufangen wußte.
Perry Rhodan töten ... bei der Ankunft auf dem Raumhafen ... die offizielle Begrüßung ...
Er wußte, wer Perry Rhodan war – der Großadministrator des Solaren Imperiums. Ein Schiff der Explorer-Flotte dieses Machtgefüges hatte Ruppet wiederentdeckt, über fünfeinhalb Jahrhunderte, nachdem Bewohner dieses Reichs aufgebrochen waren, diese Kolonie gegründet hatten, danach in Vergessenheit geraten waren und sich ohne Beeinflussung von außen hatten entwickeln können, dem Großen Ruppet sei's gedankt. Kurz nach dieser Begebenheit waren auch andere galaktische Reiche vorstellig geworden, die ein Interesse hatten, daß die eigentlich völlig unbedeutende Welt sich ihnen anschloß. Immerhin war Ruppet – zumindest nach dem aktuellen Wissensstand – die einzige Welt im weiten Umfeld des Raumsektors 47 Tucani, die von Menschenabkömmlingen besiedelt war. Wer sie seinem Machtgefüge anschließen konnte, beherrschte automatisch den Kugelsternhaufen oder verfügte zumindest über eine Basis, um den Anspruch aller anderen Konkurrenten wirksam zurückzuweisen.
Allerdings verspürte die Mehrzahl der Ruppeter – noch – nicht das geringste Interesse daran, sich einem Machtblock anzuschließen, der nicht bereit war, die religiöse Überzeugung der Ruppeter zu übernehmen. Schließlich hatten ihrer aller Vorfahren das damalige Einflußgebiet der Menschheit verlassen, um das Gebot *Gehet hin und vermehret euch!* zu verwirklichen.
Er wußte, wo der Raumhafen lag – weit entfernt, ganz am Ende von Ruppet City. Einerseits war dieser Standort

gewählt worden, um den Großteil der Stadt von dem Lärm zu verschonen, der bei der Landung und dem Start von Raumschiffen einer Größe entstand, die den Ruppetern noch immer schlicht als wundersam vorkam. Andererseits hatte die Infrastruktur der Stadt gar keine andere Möglichkeit zugelassen, und drittens – und das war der ausschlaggebende Faktor gewesen, auch wenn er nicht wußte, wieso er dies wußte – hatte die damalige Regierung gar keine andere Möglichkeit gehabt, als sich für diesen Standort zu entscheiden. Damals, als die Entscheidung anstand, einen Raumhafen zu erbauen, waren gerade sämtliche Gebäude dieses SEKTORS abgerissen worden, um Wohnblocks zu errichten, die doppelt so hoch waren wie die, die sich zu diesem Zeitpunkt dort befanden; kein anderes Gelände hatte zur Verfügung gestanden.
Die Bewohner dieses SEKTOR-Teils waren kurzerhand auf andere SEKTOREN verteilt worden.
Er wußte, er hätte den Raumhafen mit der Summe in seiner Brieftasche bequem mit öffentlichen Verkehrsmitteln erreichen können, hätte er sich in der Singlebar nicht das teuerste Getränk auf der Karte bestellt. Die Qualität seiner Kleidung und seine Konsumgewohnheiten verrieten ihm, daß er normalerweise nicht darauf achten mußte, wieviel Rudiga er ausgab.
Und er wußte, daß Perry Rhodan am morgigen Tag um zwölf Uhr mittags mit seinem Schiff auf dem Raumhafen landen und die offizielle Begrüßung unmittelbar darauf stattfinden würde.
Aber ihm paßte gar nicht der letzte – oder vielmehr erste – Bestandteil der Gedanken, die ihm ständig durch den Kopf gingen.
Perry Rhodan töten ...
Mit Erschrecken hatte er festgestellt, daß ihm der Gedanke,

einen Menschen zu töten, nicht fremd, sondern vertrauter war, als ihm lieb sein konnte. Er hegte nicht den geringsten Zweifel daran, schon einmal – öfter! – selbst getötet oder den Tod anderer Menschen angeordnet oder zumindest gebilligt zu haben. Und sosehr er in sich hineinhorchte, er empfand kein Entsetzen darüber.

Und dieser Umstand erfüllte ihn nicht mal mit Entsetzen.

Wer war er, daß er ohne Bedauern getötet hatte? Und bereit war, wieder zu töten?

Denn er hatte bereits festgestellt, daß seine analytische Denkfähigkeit sehr gut entwickelt war. Besser entwickelt als bei anderen Menschen oder Ruppetern – welche Bezeichnung auch immer man vorzog. Er war nicht dumm. Jedenfalls nicht so dumm, nicht schon nach einer kurzen Weile bemerkt zu haben, daß ihn etwas geradezu zum Raumhafen trieb. Etwas, daß diese unnatürlichen Kopfschmerzen in ihm auslöste, bei denen jeder neue Anfall schlimmer war als der vorherige.

Perry Rhodan töten ... bei der Ankunft auf dem Raumhafen ... die offizielle Begrüßung ...

Er sah ein, daß er keine andere Wahl hatte, als sich zum Raumhafen zu begeben. Damit gestand er sich noch lange nicht ein, daß er bereit war, tatsächlich ein Attentat auf den Großadministrator zu unternehmen. Aber er war überzeugt, daß der Raumhafen der Ort war, an dem er am ehesten Antwort auf die brennende Frage erhalten würde, die im Augenblick seine gesamte Existenz bestimmte.

Wer war er?

Um die letzte Gewißheit zu bekommen, wandte er sich noch einmal gegen den Strom der Menge. Die Kopfschmerzen wurden augenblicklich stärker.

Er drehte sich um und ließ sich treiben. Das Pochen zwischen seinen Augen ließ nach.

Er hatte den Rand des SEKTORS 9 erreicht. Vor ihm gabelte sich die breite Durchgangsstraße. Er konnte sich entscheiden, ob er sich nun in Richtung SEKTOR 72 oder 73 wenden wollte. Er entschied sich für den letzteren; bei SEKTOR 72 handelte es sich um das Diplomatenviertel, und dort war die Überwachung durch die Sicherheitskräfte wesentlich sorgfältiger und genauer als in dem benachbarten Wohnsektor. Das Botschaftsviertel war eigentlich so etwas wie eine grüne Oase in verhältnismäßiger Nähe der historischen Altstadt von Ruppet City und der ringförmig darum angeordneten Geschäfts-SEKTOREN 2 bis 9. Dort würde er schneller auffallen als in den Wohnsilos und fünfstöckigen Straßenebenen des SEKTORS 73.
Er wußte nicht viel über sich, aber er wußte eins: Er mußte zum Raumhafen – koste es, was es wolle.

3

Im Gegensatz zur Erde, bei der Land und Wasser etwa im Verhältnis von 30 zu 70 aufgeteilt sind, machen die Landmassen auf Ruppet nur elf Prozent der Planetenoberfläche aus. Überdies weist Ruppet zahlreiche topographische Besonderheiten auf. Die Landmasse besteht praktisch aus einem einzigen Kontinent (zahlreiche winzige Inseln kann man prozentuell vernachlässigen und gehören sowieso seit Jahrhunderten zum Privatbesitz der finanziellen Elite des Planeten). Durch die ungewöhnlich schnellen und starken Bewegungen der tektonischen Platten Ruppets kam es auf dem einzigen Kontinent zu einer beträchtlichen Auffaltung, die ein kreisförmiges Gebirgsmassiv erzeugte, dessen Gipfel eine Höhe von bis zu fünfzehntausend Metern erreichen. Damit kommen gut sechzig Prozent der Landmasse für eine Besiedlung nicht in Frage. Die bewohnbare Fläche des Planeten beschränkt sich auf einen – allerdings mehrere hundert Kilometer breiten – Streifen an der Küste des Kontinents.

Als die RUPPET mit knapp eintausend Kolonisten an Bord auf dem Planeten landete, sah man eine mögliche Übervölkerung lediglich als eine kaum vorstellbare Extrapolation des kurz vor dem Ausfall stehenden Bordrechners an. Natürlich war der bodenständige Impuls noch völlig unbekannt. Doch selbst wenn man ihn hätte anmessen können, wäre ein Start von Ruppet nicht mehr möglich gewesen – das Raumschiff des Konventikels war schlicht und einfach nicht mehr flugfähig. Das erklärt auch, wieso die Ruppeter sich nicht

für einen an Landmassen reicheren Planeten in 47 Tucani entschieden haben – ihnen blieb gar nichts anderes übrig, als auf der Welt zu bleiben, auf die sie mehr oder weniger abgestürzt waren.
Mikail Tyssen Kais (Hrsg.), Encyclopaedia Universalia, Eintrag: Ruppet, Planet (Auszug), Nembar: Verlag HDS 3000f.

Vinzenz Vermol
Ampelschock

Die Nachricht kam im Lokalfunk SEKTOR 73 und ließ nicht den geringsten Zweifel übrig.
»Ampelschock!« schimpfte Vinzenz Vermol. Und das gut eine Stunde vor Beginn seiner Fahrschicht! Daran trug diese verpillte ungenehmigte Demonstration im historischen Zentrum die Schuld, über die sämtliche Fernseh- und Hörfunksender ununterbrochen berichteten. Sie war unter Einsatz von Gewalt aufgelöst worden, und die aus SEKTOR 1 fliehenden Ruppeter hatten das hochempfindliche und genau ausbalancierte Gleichgewicht der Verkehrsführung nachhaltiger gestört, als das System es verkraften konnte.
Er fuhr mit der Hand durch den Bart, um den Sitz der Atemmaske zu überprüfen, die er stets umgeschnallt, aber nicht aufgesetzt hatte, wenn er Bereitschaft hatte oder wenn sich der Beginn seiner Schicht näherte, und spurtete zur Eingangstür der geräumigen Anderthalb-Zimmer-Wohnung.
Er war nicht der einzige, der die Rundfunkwarnung mitbe-

kommen hatte, und auch nicht der schnellste. Auf dem breiten Korridor wimmelte es von Ruppetern, die allesamt auf die Fahrstühle zuhielten. Der Andrang war so groß, daß er sich nur mit knapper Mühe in die Kabine zwängen konnte und danach den Eindruck hatte, nicht mehr vernünftig durchatmen zu können.

Also mußte es wirklich sehr eng sein. Bis zu seiner letzten Beförderung hatte er mit seiner Familie in einem vierstelligen SEKTOR gelebt, also in einem wesentlich schlechteren, da dichter bewohnten Viertel, und die Massen an Ruppetern, die sich normalerweise hier drängten, konnten ihm nicht mal ein schwaches Lächeln abgewinnen. Im Vergleich zur alten Heimat war dieser SEKTOR die reinste Landpartie.

Er hatte ganz automatisch, wie jedesmal, wenn er das Haus verließ, einen der Fahrstühle gewählt, die direkt zur dritten Fahrbahnebene fuhren. Als er den Wohnblock 73-91 verließ, benötigte er einen Augenblick, um sich zu orientieren. Vorsorglich schob er die Filtermaske hoch, bis sie Mund und Nase bedeckte, und aktivierte sie.

Auf der Straße – der mittleren von insgesamt fünf horizontalen Fahrspuren – standen die City-Flitzer vor- und nebeneinander, so weit das Auge reichte, auf allen fünf Parallelfahrbahnen einschließlich der beiden Parkspuren, die die Abschleppwagen erst vor sechs Stunden gesäubert hatten. Wie bei allen Fahrwegen erster Kategorie in SEKTOR 73 handelte es sich um Einbahnstraßen. Die ungeraden Ebenen führten aus dem SEKTOR hinaus, die geraden hinein; aber der Verkehrsfluß konnte vom SEKTOR-Leitwerk nach Bedarf gesteuert werden, je nachdem, wie er sich entwickelte.

Überdies herrschte für einen Zeitraum von jeweils zwei Stunden um die Schichtwechsel – also von abends elf bis

morgens ein Uhr, dann wieder von sieben bis neun und erneut nachmittags von drei bis fünf Uhr – auf den Ein- und bei entgegengesetzter Schaltung Ausfallstraßen absolutes Parkverbot, das strengstens überwacht und im allgemeinen auch mit bewundernswerter Disziplin eingehalten wurde.
Kein Wunder bei den drastischen Strafen, dachte Vinzenz Vermol bei sich. Aber sie waren notwendig: Ein einziger Wagen konnte die Standspur und damit zwanzig Prozent der Kapazität der Ausfallstraße blockieren; ein unabsehbares Chaos wäre die Folge. Und es gab immer wieder Unverbesserliche, oder an Fahrzeugen traten Schäden auf, und sie blieben einfach liegen. Deshalb patrouillierten bereits anderthalb Stunden vor der dreimal täglich auftretenden Rush-hour und damit dem Beginn des zeitlich begrenzten Halteverbots Polizeifahrzeuge durch alle betroffenen Straßen und ließen jedes Fahrzeug abschleppen, das gegen das Gebot der Schilder verstieß.
Einen Augenblick lang arbeitete die Filtermaske vor Vinzenz' Mund und Nase auf Hochtouren; dann hatten die Sensoren, die den Grad der Luftverunreinigung maßen, festgestellt, daß die Werte im Normbereich lagen und keine unmittelbare Gefahr drohte. Das Arbeitsgeräusch der Maske wurde gedämpfter, verwandelte sich von einem hohen Sirren in ein dumpfes Rasseln, als würde direkt vor seinem Mund ein anderer Mensch mit Smoghusten oder Asthma aus- und einatmen.
Es wird Zeit, daß du den Filter wechselst, mahnte er sich.
Auf den Bürgersteigen wimmelte es von hastenden Menschen, deren Fahrschicht – genau wie bei ihm – in Kürze begann und die nun ihre Wagen suchten. Aber es verwunderte ihn nicht, daß die Atemmaske die einströmende Luft mit halber Kraft aufbereiten und von den Abgasen befreien konnte: Die meisten Fahrer hatten die Motoren

ihrer City-Flitzer abgeschaltet und die Fahrzeuge kurz verlassen, um sich die Beine zu vertreten oder einen kleinen Plausch mit ihrer Ablösung zu halten.
Vinzenz entdeckte den Wagen kaum zweihundert Meter entfernt, ein graues Kompaktmodell, zweiundvierzig KW, aber ein Viersitzer, mit besonders großem und familienfreundlichem Kofferraum und mit allem Luxus ausgestattet. Auch wenn er sich kaum von den anderen City-Flitzern unterschied, die die Straße kilometerweit verstopften, war er stolz auf *ihr* Fahrzeug.
Jasho hatte es also fast bis nach Hause geschafft, als ihn der Ampelschock ereilte. Auch er hatte den Wagen verlassen und hielt bereits nach der Ablösung Ausschau.
Sie begrüßten sich, wie jeden Werktag, mit kurzem Handschlag. Das war kein Ausdruck von Freundschaft, sondern eher einerseits einer der Erleichterung darüber, es wieder ohne Zwischenfälle geschafft zu haben, und andererseits der Beglückwünschung dazu. Sie wußten genau, sie waren aufeinander angewiesen; ohne eine Fahrgemeinschaft kam in diesem SEKTOR keiner mehr aus, der sich noch einen Rest von Privatleben bewahren wollte. In den Rand-SEKTOREN mochte es vielleicht angehen, aber hier nicht.
»Alles klar?« fragte Vinzenz.
»Alles klar«, sagte Jasho und nickte bekräftigend. Dieses Ritual war keine bloße Floskel, sondern der Austausch existenzwichtiger Informationen. Nicht auszudenken, was aus ihnen werden sollte, wenn ihr Fahrzeug liegenblieb. »Du mußt tanken, sonst schafft Lasapo es morgen vielleicht nicht mehr bis zum Büroparkhaus. Und prüfe vorsichtshalber den Reifendruck und den Ölstand.«
»Mach' ich«, sagte Vinzenz leicht pikiert. Er war doch kein Anfänger. »Sind wertvolle Minuten«, sagte er.

Jasho schüttelte den Kopf. »Ich glaube, er braucht wirklich Öl.«
»Mist«, sagte Vinzenz.
»Hast du genug Geld dabei?«
Vinzenz nickte.
»Na gut. Hol dir die Rudiga aus der Gemeinschaftskasse zurück!« Jede Fahrgemeinschaft schmiß für die notwendige Wartung ihres Fahrzeugs zusammen und bildete Rücklagen für die Anschaffung eines neuen. »Also dann.« Jasho zögerte. »Sei mir nicht böse, aber ich muß gleich weg. Dabra will heute unbedingt ins Kino. Sie spricht schon seit Tagen davon und reißt mir den Kopf ab, wenn ich nicht pünktlich zum Essen komme. Sie hat mich extra zweimal im Büro angerufen, um mir zu sagen, daß der Babysitter pünktlich kommen wird. Pech, das mit dem Ampelschock. Ausgerechnet jetzt, da deine Schicht anfängt. Na, vielleicht hast du ja Glück, und der Stau löst sich schnell wieder auf.«
»Vielleicht«, sagte Vinzenz abweisend. Er bezweifelte es. Drohte der Verkehr aufgrund unvorhersehbarer Störungen, wie diese verpillte Demonstration eine war, endgültig zusammenzubrechen, blieb dem SEKTOR-Leitwerk nichts anderes übrig, als sämtliche Ampeln im SEKTOR auf Rot zu schalten, dem Verkehrsleitsystem praktisch einen gezielten Schock zu versetzen. Danach konnte es schrittweise wieder hochgefahren werden; doch es dauerte seine Zeit, bis die computergesteuerten und genau aufeinander abgestimmten Ampelschaltungen wieder vollständig aktiviert waren. Und niemand konnte sagen, welche Hauptverkehrsstraßen als erste wieder freigegeben wurden, da dazu genaue Abstimmungen mit den benachbarten SEKTOREN erforderlich waren. Manchmal konnte man schon nach wenigen Minuten weiterfahren, manchmal saß man stundenlang fest.

In letzter Zeit hatten sich manche der gefürchteten Ampelschocks sogar über einige Tage erstreckt, da das Computersystem beim Hochfahren immer wieder zusammengebrochen war. Aber eine so gut organisierte Fahrgemeinschaft wie die seine war – im Rahmen des Möglichen natürlich – auch auf so einen Verkehrsgau vorbereitet.
Jasho nickte ihm aufmunternd zu und setzte sich in Marsch. Er wohnte in dem Block, in dem auch Vinzenz Vermol mit seiner Familie Unterkunft gefunden hatte und in dem ihnen als fünfköpfiger Familie immerhin anderthalb Zimmer plus Küche-Dusche-Bad zur Verfügung standen. Vinzenz hatte Jasho in der Firma kennengelernt und dann nach dem Jobsharing auch dem Fahrsharing zugestimmt. Die Initiative war von Vinzenz ausgegangen, doch Jasho hatte sich sofort einverstanden erklärt; die Vorteile, die sich durch die Bildung einer Fahrgemeinschaft aus drei Familien ergaben, lagen auf der Hand.
Früher hatte sich Jasho von seiner Frau Dabra ablösen lassen, aber ihr Eheleben hatte darunter gelitten, daß sie sich immer weniger sahen, weil der eine in den vier Wänden hockte oder schlief, während der andere unterwegs war oder arbeitete. Da sie auf diese Weise Ruppets Gebot nicht mehr befolgen konnten, hatten sie kurz vor der Trennung gestanden; lediglich durch die Bildung der Fahrgemeinschaft war ihre Ehe gerettet worden, und nun erwartete Dabra zum drittenmal Nachwuchs. Es war bald soweit.
Vinzenz konnte nicht begreifen, wieso die Idee des Fahrsharings sich in den niedrigeren SEKTOREN noch nicht so stark durchgesetzt hatte wie in den höheren. Vielleicht, weil es dort – trotz aller gegenteiliger Versicherungen der Regierung – tatsächlich mehr Parkraum gab als in denen mit hoher Ziffer. Dort, wo er früher

gewohnt hatte, war es durchaus üblich, daß man vier, fünf Stunden durch den SEKTOR kurven mußte, bis man endlich einen Parkplatz fand. Und in den ärmsten SEKTOREN – das behaupteten zumindest glaubhafte Gerüchte – war gar kein Parkraum mehr vorhanden. Dort mußten die Autos unablässig in Bewegung gehalten werden, dort war auch die Idee der Fahrgemeinschaften geboren worden. Wenn man sich zu dritt ein Fahrzeug teilte, war man auch nur jeden dritten Tag dafür verantwortlich, es zu parken.
Selbst wenn man keinen Parkplatz fand und es die gesamte Freischicht über bewegen mußte, blieben einem die Freischichten an den beiden anderen Tagen erhalten.
Lasapo war der Dritte in ihrem Bunde. Er wohnte im selben Block und arbeitete im selben Gebäude wie sie. Seit er sich ihren angeschlossen hatte, stand es in ihrer aller Ehen wieder sehr gut. Und nicht nur in den Ehen ...
Vinzenz blickte sich nach Mellicint um, konnte sie aber noch nicht ausmachen. *Mist*, dachte er. Wahrscheinlich hatte der Ampelschock sie überrascht, und sie hing irgendwo fest, ohne auch nur einen Meter voranzukommen. Oder ihre Ablösung hatte sich verspätet, und sie kam nicht aus ihrem Wagen raus. Schließlich konnte sie ihn ja nicht einfach mitten auf der Straße stehen lassen. Nachdem der Ampelschock sich aufgelöst hatte, würde er ihren vereinbarten Treffpunkt anfahren und sie dort vielleicht an Bord nehmen können.
Falls der Schock in acht Stunden überhaupt schon beseitigt sein sollte. Aber so lange dauerte es hier in diesem SEKTOR-Umfeld nur selten. Vermol entsann sich nur an einen einzigen Zwischenfall, an einem Wintertag kurz vor dem Ruppetfest vor zwei Jahren, an dem alle Bewohner der näheren und ferneren SEKTOREN gleichzeitig zum SEKTOR 1 aufgebrochen zu sein schienen, um ja rechtzeitig auf

dem Ruppet-Platz zu sein und den Beginn der jährlichen Zeremonie nicht zu versäumen. Damals hatte Vinzenz den Wagen während eines Ampelschocks übernommen und während des gleichen Schocks wieder abgegeben. Und bei diesem bis dahin – zumindest für ihn – einmaligen Ereignis hatte er Melli kennengelernt. Sie hatten nebeneinander im Stau gestanden ...
Er grinste. Nach zwei Stunden im Gespräch mit ihr hatte er keinen Gedanken mehr an seine gültige und an sich glückliche Ehe, sein geregeltes Leben und auch nicht an die Kinder verschwendet. Sie hatten schnell herausgefunden, welcher ihrer Wagen besser gefedert war. Natürlich der seiner Fahrgemeinschaft, aber das nur am Rande.
Er schob sich hinter das Steuer, tippte den Diebstahlsicherungskode ein – der absolut neueste Schrei, er kannte keinen einzigen anderen City-Flitzer-Besitzer, der schon darüber verfügte – und drehte den Zündschlüssel. Auf dem Armaturenbrett leuchteten die Daten auf. Bremsflüssigkeit okay, Luftdruck in den Reifen etwas zu gering, Öl mußte in der Tat nachgefüllt werden, und Benzin war für seine Fahrschicht noch genügend vorhanden, aber dann würde es morgen wirklich knapp für Lasapo. Außer der Ampelschock hielt tatsächlich acht Stunden an, und er verbrauchte während seiner Schicht kein Benzin. Dann würde Lasapo es bequem zum Büro und auch wieder zurück schaffen, und Jasho konnte auf seiner Fahrschicht tanken. Dann würde er ganz schön wütend sein ...
Danach überprüfte Vermol den Pegelstand der Zusatzbatterie. Mußte auch mal wieder aufgeladen werden. Reichte aber auch im Stand völlig aus für die Grundausstattung, also den Fernseher, die Fensterabblendung, die Kühlbox und das Leselicht. Was wollte er mehr?
Als er den Beifahrersitz zurückklappte, um die darunterlie-

gende chemische Toilette zu überprüfen, schlug ihm ein leicht modriger Geruch entgegen. Warum wechselten die Burschen die Filter immer so spät? Das könnte ihm nicht passieren. Er klappte die Toilette wieder zu und beschloß, Lasapo zu bitten, einen Zehnerpack Filter mitzubringen. *Und direkt auch welche für die Atemmasken*, dachte er.

Ein Klopfen gegen die Fensterscheibe ließ Vinzenz aufschrecken. Er schaute hoch und sah Mellicints kurzgeschnittenen roten Haarschopf. Sie blinzelte ihm zu und öffnete bereits die Tür, während sich noch ein erfreutes Lächeln auf sein Gesicht legte.

»Gerade noch geschafft«, flüsterte sie, während sie sich auf den Beifahrersitz schob und die Tür wieder zuzog. Dann drückte sie sich gegen ihn, und während er sie in die Arme nahm, spürte er, wie ihre warme Hand in Höhe seines Bauchnabels einen Knopf seines Hemds öffnete und kreisend tiefer wanderte, immer tiefer.

Er richtete sich abrupt auf, als er die Fensterabblendung aktivieren wollte und dabei zufällig in den Rückspiegel schaute. Auf dem Bürgersteig näherte sich ein mit einer Hand hektisch winkender Jasho dem Wagen; mit der anderen stützte er seine Frau Dabra, deren Gesicht vor Schmerz verzerrt war.

»Ach, du Pille!« fluchte er und zerrte Mellis Hand aus seinem Hemd hervor. »Da kommen Jasho und Dabra«, erklärte er seiner Geliebten. »Wenn sie dich hier sehen, weiß spätestens zu Beginn der nächsten Freischicht meine Frau von uns!«

»Fremdweltler«, sagte Didjeh Fohrtuhn. »Die hier verwendete Technik läßt nicht den geringsten Zweifel zu. Von Ruppet stammt dieses Zeug jedenfalls nicht.«

Nerval Rodrik gab ihm recht. Mehr noch: Sie konnten sich

bei dem Großteil der hier aufgefundenen Geräte nicht mal einen Reim darauf machen, welchem Zweck sie dienten. Fohrtuhn versuchte, ihn zurückzuhalten, aber der Minister schob den Wachtposten vor dem Hauseingang einfach zur Seite und warf einen Blick in das Gebäude. Die Feuerwerker und Labortechniker der Spurensicherung waren noch an der Arbeit.

Es war das jahrzehntealte Problem, gestand Rodrik sich ein. Nach der Wiederentdeckung Ruppets durch das Solare Imperium hatten ihre Vorfahren – oder besser gesagt deren Nachkommen – ihnen sofort angeboten, sich dem Machtgefüge anzuschließen und sämtliche Vorteile, etwa Technologietransfer, aber auch Pflichten – in erster Linie einen Sicherheitsbeitrag, sprich die Stationierung von Flotteneinheiten auf Ruppet – einer Mitgliedswelt in Anspruch zu nehmen. Ähnliche Vorschläge hatten auch die anderen galaktischen Imperien unterbreitet, denen die Existenz Ruppets nicht mehr lange verborgen geblieben war.

Die Ruppeter hatten damals sämtliche dieser Vorschläge bei Volksbefragungen mit überwältigender Mehrheit abgelehnt. In der Folge hatte die Bereitschaft der großen Reiche, Ruppet bei der Bewältigung seiner zahlreichen Probleme zu unterstützen, sprunghaft abgenommen. Autarkie und Nichteinmischung lauteten nun die bevorzugten Schlagworte der Fremdweltler.

Daß die Ruppeter überhaupt den Kulturschock der Begegnung mit technisch wesentlich weiter entwickelten fremden Welten mit verhältnismäßig geringen Schäden verkraftet hatten, lag einerseits an der Tatsache, daß die Existenz dieser Welten ihnen durchaus bekannt gewesen war – schließlich hatten ihre Geschichtsbücher auch schon damals mehr oder weniger konkret von dem Exodus ihrer

Vorfahren aus der galaktischen Gemeinschaft berichtet –, andererseits an ihrer enormen Glaubensfestigkeit. Das Solare Imperium hatte ihren Vorfahren nicht erlaubt, Ruppets Wort zum Gesetz zu erheben; nun wollten die Nachkommen im Prinzip nichts mehr mit diesem Machtgefüge zu tun haben, auch mit keinem anderen.
Die Liberalisierung war zuerst langsam, über Jahrzehnte hinweg verlaufen. Doch schließlich hatte sie eine eigene Dynamik entwickelt, die bis hin zur Gründung unabhängiger politischer Parteien geführt hatte, die nun die Trennung von Staat und Kirche und den Anschluß an das ihr jeweils nahestehende galaktische Reich forderten.
Nerval war Ruppeter; er war mit den Lehren des Großen Ruppet aufgewachsen und hatte sie verinnerlicht. Mehr noch, er war als junger Mann zum Sicherheitsdienst gegangen und hatte sich bis an dessen Spitze hochgearbeitet, womit ihm automatisch die Position des Sicherheitsministers zustand und gewährt wurde. Dennoch war er weder dumm noch blind; er erkannte die schier unüberwindlichen Probleme, die sich vor den Ruppetern auftaten. Und nun, ausgerechnet zur Feier des sechshundertjährigen Bestehens einer menschlichen Zivilisation auf dieser Welt, meldete der geradezu legendäre Perry Rhodan sich zu einem Staatsbesuch an. Es wurde gemunkelt, er habe ein Gerät im Gepäck, das den erst vor wenigen Jahrzehnten entdeckten *bodenständigen Impuls* und damit das dringlichste Problem der Ruppeter einfach so beseitigen konnte. Vorausgesetzt natürlich, Ruppet gelang es, entweder eigenständig die überlichtschnelle Raumfahrt zu entwickeln, oder die Welt schloß sich einem der galaktischen Imperien an.
Doch trotz all der Probleme, deren Nerval sich durchaus bewußt war – als Sicherheitsminister gehörte es schlicht und einfach zu seinen Pflichten, über das Selbstbestim-

mungsrecht der Ruppeter zu wachen und zu verhindern, daß Fremdweltler die Bevölkerung mit verdeckten Aktionen manipulierten oder Entwicklungen in von ihnen gewünschte Bahnen lenkten. Wegen der technischen Überlegenheit ihrer Verwandten von anderen Planeten stand Rodrik dabei vor einer Sisyphusarbeit; wie Fohrtuhn ganz richtig erkannt hatte, mußte den Agenten der fremden und haushoch überlegenen Mächte Ruppet aufgrund seines in ihren Augen zurückgebliebenen technischen Entwicklungsstands tatsächlich wie das reinste Paradies vorkommen.

Ein Feuerwerker verließ das Haus und trat zu ihm. »Keine unmittelbare Gefahr mehr, Sir.«

»Also haben Sie keine Sprengsätze gefunden?« fragte Rodrik.

»Doch, Sir. Aber sie sind entschärft worden.«

»Entschärft?« warf Fohrtuhn ein. »Von wem?«

Der Feuerwerker zuckte mit den Achseln. »Fachkundige Arbeit, mehr kann ich dazu nicht sagen.«

Nerval nickte und betrat gemeinsam mit Fohrtuhn das Haus. Sie betrachteten die fremdartigen Geräte, genauer das, was von ihnen noch übrig war. Die meisten waren fachkundig und, so hatte er den Eindruck, gezielt zerstört worden: Man sollte erkennen, daß es sich um Einrichtungen handelte, die nicht von Ruppet stammten, aber nicht, welchem Zweck sie dienten. Die Schüsse aus dem Thermostrahler hatten diesen Zweck erfüllt.

»Das hier ist interessant.« Fohrtuhn deutete auf einen Gegenstand, den die Labortechniker gerade von allen Seiten fotografierten. Er hatte zwar ebenfalls einen Schuß abbekommen, aber man konnte ihn unschwer als Überrest eines Helms erkennen. Seltsam daran waren nur mehrere Kontakte, Elektroden ähnlich, die durch Kabel mit ihm verbunden waren. Ein weiteres, dickeres Kabel führte zu

einer Konsole, die einen Computer beherbergt hatte.
Nerval schritt durch den Hauptraum und zählte insgesamt fünf solcher Computergehäuse mit zerstörtem Innenleben.
»Hier hat jemand jede Menge Rechnerkapazität eingesetzt«, sprach Didjeh Fohrtuhn seinen Gedanken aus. »Aber zu welchem Zweck? Dieses geplante Attentat auf Rhodan ... wollte jemand unsere SEKTOR-Rechner übernehmen und ein Verkehrschaos auslösen, um es zur Flucht zu nutzen – oder das Attentat überhaupt erst starten zu können?«
Der Sicherheitsminister lachte innerlich auf. Das Attentat auf Rhodan hatte er sich aus den Fingern gesogen, um Fohrtuhn keinen reinen Wein einschenken zu müssen. Aber wenn er diesen Raum betrachtete – war es möglich, daß er zufällig tatsächlich auf potentielle Attentäter gestoßen war? Jedenfalls beglückwünschte er sich im nachhinein zu dem Entschluß, die Sicherheitsstufe eins ausgerufen zu haben.
»Überprüfen Sie das«, sagte er zu seinem Stellvertreter. »Techniker sollen die Zentralrechner untersuchen und feststellen, ob sie angezapft oder ihre Sicherheitssperren überwunden wurden. Und die Labortechniker sollen nach einem Interface suchen, das eventuell aus diesem Haus führt.«
Während Fohrtuhn seine Anweisungen weitergab, trat Rodrik in den Nebenraum. Erst jetzt bemerkte er, daß der Boden mit einer dünnen Wasserschicht überzogen war. Er ging in die Hocke, fuhr mit den Spitzen von Daumen und Zeigefinger über die Fliesen und rieb sie aneinander. Die Substanz war klebrig. Er hatte vorschnell geurteilt, um Wasser handelte es sich dabei jedenfalls nicht.
»Analysieren Sie diese Flüssigkeit«, wies er einen Labortechniker an. Der Mann nickte und öffnete seine Tasche.
Zahlreiche Fragmente einer glasähnlichen Substanz – ihre Größe variierte von winzigen Splittern bis hin zu mehreren Scherben, von denen einige einen Durchmesser von etwa

einem halben Quadratmeter hatten – verrieten ihm, daß sich in diesem Raum ein riesiger oder mehrere nicht ganz so große Behälter befunden hatten. Auch sie waren durch Schüsse aus einem Thermostrahler zerstört worden. Er vermutete, daß sie Flüssigkeit enthalten hatte, die durch die starke Hitze verdampft war; lediglich ein winziger Rest war an den Scherben haften- und somit erhalten geblieben und hatte sich danach langsam in dem Raum ausgebreitet. Er konnte sich nicht entsinnen, die Flüssigkeit bemerkt zu haben, als er einen Blick in den Raum geworfen hatte, nachdem er gerade wieder zu sich gekommen war.
»Und nehmen Sie sich auch dieses Material da vor«, sagte er zu dem Techniker und deutete auf eine Scherbe. »Ich muß wissen, woher es stammt.«
Er wußte, daß er damit fast Unmögliches forderte. Den galaktischen Imperien standen mahezu unendliche Ressourcen zur Verfügung. Er konnte doch nicht allen Ernstes erwarten, daß sich mit den ihren Laboratorien zur Verfügung stehenden Mitteln ein Hinweis auf die Herkunft dieser Objekte finden ließ – vielleicht sogar ein Herstellernachweis, »Konzern Bayer, Geschäftsführer R. Shephard, Terrania«?
Er fuhr zusammen, als er unmittelbar hinter sich Fohrtuhns Stimme vernahm. Einen Augenblick lang schien sich wieder diese unheimliche Kälte in ihm auszudehnen, als wären seine Körperzellen schlichtweg überfordert, den Betrieb aufrechtzuhalten, und würden ihre Wärme und Energie verlieren. Doch das Gefühl verging schnell wieder.
»Was ist hier geschehen?« fragte Fohrtuhn. »Wer hat diese ... Anlage errichtet und zu welchem Zweck? Und wer hat sie zerstört?«
Rodrik drehte sich zu ihm um. »Und welchen Zweck verfolgt diese zweite, uns bisher noch unbekannte Partei

wohl damit?« spann er den Faden weiter.
»Meinen Sie nicht, es sei an der Zeit, mich über die Hintergründe zu informieren?« fragte sein Stellvertreter. »Von wem stammt der Hinweis auf das Attentat auf Rhodan? Wer hat Sie hierhergelockt?«
Ja, wer hat mich hierhergelockt? dachte Rodrik. *Ein mir nicht bekannter Informant, dessen Hinweise sich bislang ausnahmslos als richtig erwiesen haben. Aber es ging nicht um ein Attentat auf den Großadministrator des Solaren Imperiums, sondern um eine undichte Stelle in meinem Ministerium, um einen Verräter.*
Die Sache wurde immer undurchsichtiger. Allmählich bekam er es mit der Angst zu tun, daß sie ihm über den Kopf wachsen könnte.
Aber er ließ sich seine Unsicherheit nicht anmerken. »Das werden wir herausfinden«, sagte er energisch, ohne auf Fohrtuhns Fragen einzugehen. »Stellen Sie fest, wem dieses Gebäude gehört. Oder an wen diese Räume vermietet wurden. Lassen Sie die jeweiligen Personen sofort verhaften und zum Verhör in die Zentrale bringen. Holen Sie die Ergebnisse der Ringfahndung ein, die bei Ausrufung der Sicherheitsstufe eins automatisch ausgelöst wurde. Ich will Ergebnisse sehen.«
Fohrtuhn betrachtete seinen Vorgesetzen mit einer Mischung – wie Rodrik unwillkürlich dachte – aus Mißtrauen, Verwunderung und Spott. Doch er verkniff sich jede Bemerkung und nickte. »Natürlich, Sir«, sagte er dann. »Ergebnisse!«
»Und wenn uns das nicht weiterhilft«, fügte Nerval Rodrik aus einem Grund hinzu, der ihm selbst nicht klar war, »werden wir eben zu ungewöhnlichen Maßnahmen greifen und die Pille mit dem Kondom austreiben.«

Vinzenz Vermol drückte Mellicints Kopf auf seinen Schoß hinab und hoffte, daß Jasho die zweite Person im Wagen noch nicht bemerkt hatte. Um Dabra machte er sich weniger Sorgen; sie schien nicht mehr imstande zu sein, ihrer Umgebung große Beachtung zu schenken. Sie hatte sogar die Augen geschlossen, wie Vinzenz bei einem weiteren raschen Blick in den Rückspiegel feststellte, während sie, auf ihren Mann gestützt, mühsam und schwerfällig einen Fuß vor den anderen setzte.

Normalerweise hätte Melli ihn in solch einem Augenblick glatt um den Verstand gebracht, doch nun galten seine Gedanken einzig und allein dem Problem, wie er die junge Frau unbemerkt aus dem Wagen hinausbekam. Hektisch zerrte er am Griff der Fahrertür. Endlich gelang es ihm, sie zu öffnen, und er schob Melli, die noch immer nicht ganz mitbekommen zu haben schien, worum es ging, über seine Oberschenkel und den Unterleib hin zur Tür.

Fast hatte er den Eindruck, daß sie das alles für ein neues Spiel hielt und sich aufreizend an ihm rieb, doch dann wurde ihr endlich klar, worum es ging, und rutschte schnell ein Stück weiter. »Deine Frau?« fragte sie. »Deine Frau ist da?« Sie wollte sich aufrichten.

Er drückte ihren Kopf wieder hinab. »Unten bleiben!« zischte er und verzichtete darauf, ihr zu erklären, daß nicht seine Frau sich dem Wagen näherte, sondern ein Arbeitskollege mit dessen hochschwangerer Gattin, was aber letztlich auf dasselbe hinauslief. Auch Jasho und Dabra gehörten den Konventionalisten an und würden ihre Kenntnisse auf keinen Fall für sich behalten.

Ein weiterer Blick in den Rückspiegel verriet ihm, daß die beiden den Wagen fast erreicht hatten. In diesem Augenblick kam ihm der – so hoffte er zumindest – rettende Einfall. Er hieb mit der flachen Hand auf den Schalter,

mit dem er die Fensterabblendung einschaltete, und sofort wurde es dunkel im Wagen.
Diese Abblendung gehörte keineswegs zur Standardausstattung eines normalen City-Flitzers, sondern fiel eindeutig unter den Oberbegriff »Luxus«. Allein hätte er sie sich niemals leisten können, doch die Fahrgemeinschaft mit Jasho und Lasapo führte natürlich zu einer Dreiteilung der Kosten und ermöglichte ihnen, sich das eine oder andere Extra zu leisten. Die Abblendvorrichtung spiegelte die Scheiben in eine Richtung; man konnte ungehindert hinaus-, aber nicht mehr hineinsehen. Das war überaus praktisch, wenn man stundenlang im Stau stand und zum Beispiel die chemische Toilette benutzen oder essen oder fernsehen oder sich, ohne beobachtet werden zu können, auf andere Art und Weise beschäftigen wollte, zum Beispiel mit Mellicint.
Täuschte er sich, oder hatte sich weit vor ihm der Verkehr wieder in Bewegung gesetzt? Um ihn herum stand jedenfalls noch alles. Er schob Melli vollends auf die Fahrbahn. Sie landete auf Händen und Füßen. »Verschwinde schnell!« flüsterte er ihr zu. »Ich hol' dich zur üblichen Zeit am Treffpunkt ab.«
Sie hatte endgültig begriffen. Geduckt schlich sie vorn um den Wagen herum, lief dann hinter den nächsten. Dessen Fahrer betrachtete sie einen Augenblick lang kopfschüttelnd und wandte dann desinteressiert den Blick ab. Er sah ihr nicht mehr nach, als sie sich hinter dem nächsten Fahrzeug erhob und auf den Bürgersteig trat.
Vinzenz atmete auf. Das war knapp gewesen. Er mußte in Zukunft vorsichtiger sein, durfte sich mit Melli nicht mehr in unmittelbarer Nähe seines Wohnblocks treffen. Welche Pille hatte ihn da nur geritten?
Er zog die Fahrertür zu und schaltete die Abblendung ab. Dann öffnete er schnell die Beifahrertür und beugte sich

hinaus. Er überlegte fieberhaft, um sich eine Ausrede einfallen zu lassen, falls Jasho doch eine zweite Person im Wagen gesehen hatte oder ihn fragen sollte, wieso er plötzlich die Scheiben verspiegelt hatte. Sein Kollege ging weder darauf ein, noch schenkte er dem Umstand Beachtung, daß Vinzenz mit fahrigen Bewegungen Hemd und Hose zuknöpfte. Der Grund dafür wurde Vermol im nächsten Augenblick klar.

»Bei Dabra ist es soweit«, sagte Jasho atemlos. »Wir müssen sie sofort ins Krankenhaus bringen.«

Vinzenz riß die Augen auf und schnappte tief nach Luft. »Aber ...« Mit einer hilflosen Geste deutete er um sich. »Hier tut sich nichts. Wir können noch stundenlang im Stau stehen. Ruf doch einen Krankenwagen!«

Jasho achtete nicht auf seinen Einwand und öffnete die hintere Tür. »Und wie soll ein Krankenwagen hier durchkommen, du Armleuchter?« konterte er, während er Dabra umständlich auf den Sitz half. Die Frau stöhnte schwach auf und drehte sich, damit ihr Ehemann ihre Beine auf der Rückbank hochlegen konnte.

»Dann eben einen Gleiter!« sagte Vinzenz. »Ein Nottransport! Es geht doch um ...« Er zögerte, wußte es in der Aufregung nicht mehr genau. »... um vier neue Ruppeter! Da werden sie doch wohl einen Flugwagen schicken!«

»Um fünf«, korrigierte Jasho ihn. Er schloß die hintere Tür, öffnete die vordere und nahm neben Vermol Platz. »Glaubst du etwa, ich hätte nicht angerufen? In der Warteschleife des medizinischen Notdiensts hatte ich Position zweitausendachtunddreißig. Aber sie schalten die Straßen wieder frei. Es kam im Radio. Unsere ist bei den ersten. Es kann nicht mehr lange dauern.«

Wenn der Computer des SEKTOR-Leitwerks nicht wieder

zusammenbricht, dachte Vinzenz mit wachsender Verzweiflung. Dann standen sie morgen früh noch hier. Natürlich hatte er den obligatorischen Kurs in Geburtshilfe mitgemacht, aber das war schon Jahre her, und er hatte seine theoretischen Kenntnisse niemals in die Praxis umsetzen müssen, und die Auffrischungskurse ... Na ja, irgendwie war immer etwas dazwischengekommen, und ...

Diesmal war er sicher, daß er sich nicht täuschte. Vor ihm erklang lautes Hupen. Der Stau löste sich auf! Der Ampelschock war überwunden!

»Na, was hab' ich gesagt?« Ein triumphierendes Grinsen legte sich auf Jashos Züge. »Auf unser Leitwerk ist Verlaß!« Er redete Blödsinn, aber das nahm Vinzenz ihm nicht übel. Zu groß war die beiderseitige Erleichterung, daß Dabra nun noch mit fachkundiger Hilfe ihren Beitrag zur Befolgung von Ruppets Gebot leisten konnte – sowohl die seine als auch die Jashos.

»Da vorn!« sagte sein Kollege und wedelte hektisch mit den Armen. »Da geht es weiter. Siehst du? Da fahren sie schon!«

Vinzenz kniff die Augen zusammen und erkannte in der Tat, daß Bewegung in die Reihen der City-Flitzer gekommen war. Jetzt ging es ganz schnell; man mußte fast gleichzeitig mit dem Vordermann anfahren können, wenn man die Fahrprüfung bestehen wollte.

»Auf geht's!« sagte Vinzenz und drehte den Zündschlüssel. Mit dem gewohnten, zufrieden-schnurrenden Geräusch sprang der Motor an.

Vinzenz nahm den Gangschalter aus der Parkstellung und legte ihn ein. Nun hielt nur noch sein Fuß auf der Bremse den Wagen an Ort und Stelle. Selbstverständlich verfügte ihr City-Flitzer über ein hochmodernes Automatikgetriebe.

Auf der Rückbank wurde Dabras Stöhnen lauter. »Nun

mach schon, fahr zu!« drängte Jasho ungeduldig. Wer wollte es ihm verdenken?
»Immer mit der Ruhe«, murrte Vinzenz. Konzentriert schaute er nach vorn. Der zehnte Flitzer vor ihm setzte sich in Bewegung, der fünfte, der dritte ...
Vermol nahm den Fuß von der Bremse – und senkte ihn sofort wieder, als die Beifahrertür aufgerissen wurde. Hinter ihm erklang Gehupe. Es war lächerlich, aber Vinzenz kam es vom ersten Augenblick an wütend vor.
Entgeistert drehte er den Kopf zur Seite. Wer wagte es, einfach beim Anfahren von außen die Tür zu öffnen? Wer wagte es überhaupt, ihren City-Flitzer anzufassen?
War es etwa Mellicint, die nicht warten konnte und zu ihm zurückgekehrt war, obwohl er ihr eingeschärft hatte ...
Nein, es war nicht Mellicint. Es war überhaupt keine Frau, sondern ein Mann. Groß, schlank, durchtrainiert, braunes Haar, unauffälliges Gesicht, gut gekleidet – mehr konnte er in der Kürze der Zeit nicht erkennen. Der Mann packte Jasho bei den Schultern und zerrte ihn mit einer mühelos anmutenden Bewegung vom Sitz hoch. Bevor Vinzenz' Kollege reagieren konnte, lag er auf dem Rücken auf dem Bürgersteig und strampelte mit Armen und Beinen.
Auf der Rückbank stieß Dabra einen hohen, entsetzten Schrei aus. Der Eindringling schaute nach hinten. Vinzenz glaubte, kurz Irritation und ein gewisses Zögern in seinem Blick auszumachen, als er die Schwangere sah. Dann drehte er den Kopf wieder zu Vermol.
»Raus aus dem Wagen!« befahl er.
»Was soll das?« fragte Vinzenz. »Was erlauben Sie sich? Sie können doch nicht einfach ...«
Er sah den Schlag gar nicht kommen, der ihn in die Magengrube traf, doch er trieb ihm die Luft aus den Lungen. Vinzenz hätte nie gedacht, daß Schmerzen so stark

sein könnten. Stärker, als er es sich je hatte träumen lassen. Er krümmte sich zusammen und nahm unwillkürlich den linken Fuß vom Bremspedal.
Der Wagen machte einen Satz nach vorn. Das Hupen hinter ihnen wurde lauter und steigerte sich in seiner Einbildung zu einem Crescendo. Vinzenz streckte das linke Bein wieder aus und trat das Pedal so tief durch, wie es ihm möglich war. Gleichzeitig berührte sein wild um sich tretender rechter Fuß das Gaspedal, und der Motor kreischte protestierend auf. Der City-Flitzer vibrierte heftig, die Reifen drehten auf dem Bodenbelag durch, und in seinem Entsetzen darüber, was er dem geliebten Fahrzeug antat, nahm Vinzenz den Fuß wieder vom Pedal.
Leider den falschen.
Den linken.
Den vom Bremspedal.
Der City-Flitzer schoß mit einem Aufbäumen vor und prallte gegen den vor ihm stehenden Wagen, der zwar schon Fahrt aufgenommen hatte, aber bei weitem nicht mit einer solchen Beschleunigung wie der, die Vinzenz' unfreiwillige Aktion bewirkt hatte. Ein Scheinwerfer zerbrach, Metall ächzte, und die Motorhaube sprang mit einem Geräusch auf, das im Fahrer eiskaltes Entsetzen auslöste.
Ihr City-Flitzer! Ihr Luxusmodell!
Wenigstens ist die Windschutzscheibe nicht zerbrochen, dachte Vinzenz. Wenigstens blieb ihnen die sauteure Reparatur des Spiegelglases erspart.
Der Motor stotterte und setzte dann aus.
Er hatte einen Unfall gebaut! Und das unmittelbar nach einem Ampelschock! Wegen ihm kam der Verkehr auf der Fahrspur hinter ihm nun zum Erliegen, und das mochte ausreichen, um die Bemühungen des SEKTOR-Leitwerks zunichte zu machen und einen Folgeschock auszulösen! Er

war erledigt. Die Fahrgemeinschaft würde ihn rauswerfen, und er würde sich deshalb einen anderen Job suchen müssen, und ...

Ihm wurde die Absurdität seiner Gedanken bewußt. *Das ist der Schock*, sagte er sich. Er drehte sich nach dem Fremden um, der den Unfall durch sein Eindringen verschuldet hatte. Doch die Wucht des Aufpralls hatte den Mann aus dem Wagen geschleudert. Vinzenz sah, daß der andere sich bereits auf dem Bürgersteig aufrappelte, kurz umschaute und dann das Weite suchte, ohne daß irgend jemand ihn aufhielt.

»Verdammte Pille!« fluchte er. Aber es gab Zeugen für den Unfall – die Menschen in den Fahrzeugen unmittelbar hinter ihm, während die auf den vier anderen Spuren an ihm vorbeirauschten, als sei gar nichts geschehen. Die Versicherung würde also eintreten und den Schaden ersetzen.

Aber die vergnügliche Fahrschicht mit Mellicint konnte er sich aus dem Kopf schlagen. Und Jasho und Dabra ihren Kinobesuch.

Dabra ...!

Ein gellender, durch Mark und Bein gehender Schrei auf dem Rücksitz machte ihm klar, daß er wirklich keine Zeit damit verschwenden konnte, über Schäferstündchen oder Kinobesuche nachzudenken.

4

Bewirkt der genverändernde Einfluß einer der Strahlungskomponenten von Gladors Stern, daß jede neugeborene Generation von Kolonisten auf dessen Planeten Siga körperlich kleiner und langlebiger als die vorangegangene ist, so löst eine ähnliche Komponente der Sonne Marneb den bodenständigen Impuls aus. Dabei kann man durchaus den Begriff Sucht verwenden – wie gewisse Substanzen zu einer starken Abhängigkeit und bei Entzug zu Schmerzen, wenn nicht gar dem vollständigen körperlichen Zusammenbruch führen, ruft auch der bodenständige Impuls eine medizinisch eindeutig nachweisbare Gewöhnung hervor.
Die komplexen chemischen Abläufe im Körper konnten bis heute nicht vollständig geklärt werden. (Was weniger an der Leistungsfähigkeit der Galaktomediziner liegt als an der Isolation der Ruppeter und der nachfolgenden Weigerung, sich in dieser Hinsicht helfen zu lassen.)
Fest steht jedoch, daß diese Strahlungskomponente der Sonne in die Homöostase des menschlichen Körpers eingreift und sie kalibriert. Bei unter dem Licht dieser Sonne Geborenen blockieren die Neurotransmitter bestimmte Rezeptoren im Limbischen System.
Lediglich die natürlich aufgenommene Strahlung Marnebs hebt diese Nervenblockade wieder auf; Versuche, sie künstlich zu beseitigen, sind bislang gescheitert. Einheimische, die ihren Planeten verlassen, leiden dementsprechend zwangsläufig unter Entzugserscheinungen, deren Spektrum von überaus starken Krämpfen über vollständige körperliche Bewegungs-

unfähigkeit bis hin zum Tod reicht. Es verwundert daher nicht, daß die Ruppeter es vorziehen, auf ihrer Heimatwelt zu verbleiben.
Zahlreiche Indizien weisen darauf hin, daß Strahlungskomponenten von Sonnen, die das genetische Erbgut verändern, mit Vorliebe paarweise auftreten. Die Siganesen wurden nicht nur kleiner, sondern auch langlebiger; die Ruppeter wurden nicht nur buchstäblich von ihrer Sonne abhängig, sondern auch fruchtbarer. Bereits nach fünf Generationen waren Drillingsgeburten die Regel und Sechslingsgeburten keine Ausnahme mehr.
Mikail Tyssen Kais (Hrsg.), Encyclopaedia Universalia, Eintrag Strahlungskomponenten (Auszug), Nembar: Verlag HDS 3000f.

Piota Pichard
Ein schöner Tag am See

»Papi, Papi!« kreischte Timo durch die Filtermaske und stampfte mit dem Gummistiefel auf, daß die Kunsthecke zum Nachbargrundstück erzitterte. Sein Gesicht war zornesrot angelaufen. »Du hast mir versprochen, wir fahren zum Geburtstag an den See. Timo will zum See!«
Tika und Tiwe fielen automatisch in das Gebrüll ein. Wenn einer der Drillinge etwas durchsetzen wollte, erklärten die beiden anderen sich sofort solidarisch, auch wenn sie sich sonst stritten, daß die Fetzen flogen.
Und das am frühen Morgen! Der Himmel über SEKTOR 72 war noch rot gefärbt. Normalerweise hätten die Kinder sich in ihrem Fernsehzimmer darüber gestritten, welches Programm sie verfolgen wollten, und die Eltern ein

Weilchen schlafen oder Ruppets Gebot befolgen lassen, doch der Umstand, daß heute ihr Geburtstag war, brachte alles durcheinander.

»Natürlich habe ich das gesagt«, räumte Piota Pichard schnell ein, als er sah, daß Timo wieder die Luft anhielt. Beim letzten Wutanfall war der Junge blau angelaufen und einfach umgekippt. Der eilends herbeigerufene Notarzt, der hier im Diplomatenviertel tatsächlich umgehend zur Stelle war, hatte einen Mangel an roten Blutkörperchen diagnostiziert und ein Medikament verschrieben, das weder Timos Wutanfälle noch den Mangel beseitigte, dafür aber von der sowieso bankrotten Gesundheitsfürsorge nicht anerkannt wurde und aus eigener Tasche bezahlt werden mußte. Im SEKTOR 72 war das üblich. Wer hier ein Haus besaß, konnte sich auch Arzneien leisten, von deren Existenz die überwältigende Mehrheit der Bevölkerung nicht einmal etwas ahnte.

Daß die staatliche Gesundheitsfürsorge kurz vor dem Zusammenbruch stand, wußte Pichard als Staatssekretär im Gesundheitsministerium wohl am besten. Er hatte, dank Yokus Erbschaft, private Vorsorge treffen können. Nur durfte man ihm nicht auf die Schliche kommen. Das würde zu einem Verweis, wenn nicht sogar einer Rückstufung oder gar seiner Entlassung führen. In dieser Hinsicht verstand die Regierung keinen Spaß. Sie forderte absolute Treue von ihren hochrangigen Beamten.

»Papi!« jaulte Timo erneut.

Pichard seufzte. »Sicher, das habe ich gesagt, aber ...«

»Versprochen ist versprochen«, nuschelte Timo. *Wenigstens atmet er wieder durch*, dachte Pichard erleichtert und zuckte zusammen, als die Luftfiltermaske vor Timos Mund beim nächsten Atemzug aus ihm unerfindlichen Gründen besonders laut rasselte.

Wie er diese freien Tage haßte! Könnte er doch in seinem Amt versuchen, unlösbare Probleme zu lösen, und die Erziehung der Kinder wie sonst auch seiner Frau überlassen!
»Der Junge hat recht«, sagte Yoku und warf ihm einen gestrengen Blick zu. »Du hast es ihm versprochen. Und außerdem«, fuhr sie fort und holte mit den Armen aus, als wolle sie ihren gesamten Eigenheimgarten von vier mal fünf Metern Umfang umfassen, »wie wollt ihr hier Verstecken spielen? Wo wollt ihr euch verstecken?«
Pichard hob den Blick von der gebräunten Grasnarbe zu seinen Füßen und schielte verstohlen zum einzigen Baum im Garten hinüber. Zwei volle Monatsgehälter hatte er dafür ausgeben müssen, was ihm aber wenig ausmachte, da er reich geheiratet hatte, und das entsprach zehn Jahresgehältern eines Ruppeters, der nur den gesetzlich vorgeschriebenen Mindestlohn verdiente. Yoku hatte die Unsumme gezahlt, ohne mit der Wimper zu zucken.
Er hatte den Baum täglich gedüngt, gebürstet und gestriegelt, aber trotzdem hatte er im Herbst alle Blätter verloren – was ja noch ganz natürlich war – und im nächsten Frühjahr keine neuen bekommen, was allerdings nicht mehr so natürlich, sondern krankhaft war. Jetzt stand er grau in grau da, die kahlen Äste hingen mit mehr als nur einer Spur von Traurigkeit herab, und insgesamt gesehen war ihr Baum in der Tat kein Objekt, das geradezu danach schrie, beim Versteckspiel als Versteck zu dienen.
»Na ja«, sagte Pichard.
»Heißt das, wir fahren zum See?« murmelte Tiwe, ihre Tochter. Sie war etwas kleiner gewachsen als ihr Drillingsbruder Timo und gab sich gern als etwas zurückgebliebener und kindlicher Nachkömmling, obwohl sich, was die Raffinesse betraf, ihre beiden Brüder bei ihr eine Scheibe

abschneiden konnten. Sie tat zwar so, als fände sie als einziges Mitglied der Familie noch eine gewisse Freude daran, im Garten Verstecken zu spielen, ließ sich aber immer wieder Ausreden einfallen, nicht an dem Spiel teilnehmen zu müssen, wenn sie es gelegentlich übertrieb und die anderen dazu brachte, diesem Zeitvertreib nachzugehen. Dann bereitete es ihr hämisches Vergnügen, Tika und Timo zu beobachten, wie sie immer im Kreis um den Baum hetzten, wenn aus dem Versteck- schon nach wenigen Sekunden ein Nachlaufspiel geworden war.

»Wir haben doch immer hier gespielt«, setzte Pichard zu einer schwachen Entgegnung an, aber sein Widerstand war bereits gebrochen.

»Das ist doch langweilig«, maulte Timo, und auch Tiwe schien diesmal eher zu ihrem Bruder als zum Vater halten zu wollen. Wahrscheinlich war sie die treibende Kraft hinter dem von Timo so vehement geäußerten Wunsch und hatte ihm versprochen, ihm ihren Nachtisch abzugeben, wenn er den Ausflug durchsetzte.

Typisch, dachte Pichard. Es mangelte ihm an der notwendigen Raffinesse, um zu erkennen, daß Tiwe das Versprechen sowieso nicht halten und Yoku schließlich allen drei Kindern doppelte Portionen zugestehen würde, weil ihr an einem harmonischen Familienleben lag und sie nicht schon wieder stundenlanges Geschrei und Gezeter ertragen wollte. *So erzieht man Tyrannen*, fügte er in Gedanken hinzu und schämte sich sofort. Was war er nur für ein Ruppeter? Kinder waren ihr ruppetgewolltes höchstes Gut und außerdem der Garant für den Erhalt der staatlichen Gesundheitsfürsorge – zumindest bis zum Ende dieser Legislaturperiode.

Yoku versetzte ihm den endgültigen Gnadenstoß. »Versprochen ist versprochen«, wiederholte sie energisch

den Ausspruch ihres Sohnes, den Tiwe ihm wahrscheinlich eingeflüstert hatte. »Dann können wir auswärts essen, und ich habe auch etwas vom Geburtstag der Kinder!«
Es war entschieden. Widerstand war sinnlos. »Einverstanden«, sagte er, »wir fahren zum See.«
»Au fein!« schrie Timo. »Wir fahr'n zum See, wir fahr'n zum See!« Er schrie so laut, daß ihr Nachbar Pantehl hinter der Kunsthecke auftauchte, die die beiden Grundstücke voneinander trennte, um nach dem Rechten zu sehen. Er nickte ihnen freundlich zu. Pantehl war ein ehemaliger Lehrer, der im Bildungsministerium Karriere gemacht und, wie man in der Nachbarschaft flüsterte, angeblich ein paar Bücher geschrieben hatte, deren Erlöse im den Kauf seiner Villa erst ermöglicht hatten. Pantehl hatte diesen Block des SEKTORS seit mehreren Jahren nicht mehr verlassen; die hiesige Versorgungszentrale bot ihm alles, was er brauchte und sich mit seiner Rente leisten konnte.
Piota zuckte zusammen und lächelte leicht säuerlich, als Pantehl ihm, unbefleckt von jeglicher Sachkenntnis, einen schönen Tag wünschte.
Er war eben ein Ruppeter der alten Schule, während Piota sich fragte, was an einem Tag, den man mit drei Kindern verbringen mußte, schön sein konnte.
»Auf geht's, Kinder«, sagte Pichard mit falscher Fröhlichkeit, und die sowieso schon aufbruchbereite Familie marschierte geschlossen los.
Es vergingen keine drei Minuten, als Timo sich schon meldete. »Mir tun die Füße weh«, maulte er.
»Wollte ich an den See oder du?« fragte Pichard hämisch.
»Piota!« sagte Yoku zornig. »Vor den Kindern!«
»Ist doch wahr«, knurrte Pichard. »Erst will der Junge unbedingt zum See, dann ist ihm schon der kleine Weg zum Auto zu weit.«

»Du hättest den Wagen ja auch holen können!«
»Das könnte euch so passen!« murmelte Pichard so leise, daß niemand ihn verstehen konnte.
»Auto«, krähte Tiwe. »Auto!«
»Wir sind ja gleich da«, tröstete Yoku ihre Tochter. »Wir können von Glück sagen, daß wir nicht in den Ballungszentren wohnen. Giba hat mir erzählt, daß in ihrem SEKTOR wegen der chronischen Parkplatzprobleme in diesem Jahr schon die vierte Verkehrskommission zum Rücktritt gezwungen wurde.«
Pichard drehte sich der Magen um, wenn er nur diesen Namen hörte. Yokus Freundin war bei gleichzeitigem Übergewicht beträchtlich untergroß, und das kompensierte sie durch eine riesige Klappe. Aus der allerdings nur Unsinn kam, mit dem sie sich interessant machen wollte. Die SEKTOREN verfügten gar nicht über Verkehrskommissionen; das waren nur Gerüchte, genau wie die Existenz dieses Hyper... dieses Hyperinmestrons oder wie auch immer, das der Großadministrator des Solaren Imperiums bei seinem bevorstehenden Staatsbesuch angeblich der Regierung zum Geschenk machen wollte. Beschwerden über Parkplatzprobleme! Yoku hatte ja nicht die geringste Ahnung, wie es in den anderen SEKTOREN wirklich aussah.
Im Schrittempo fuhr ein City-Liner an ihnen vorbei. Der Fahrer hielt Ausschau nach einem Parkplatz – vergeblich. Obwohl man sämtliche Fahrwege dieses Blocks des Diplomatenviertels in Einbahnstraßen und die so überflüssig gewordene linke Fahrspur in Parkstreifen verwandelt hatte, stand Wagen an Wagen, Stoßstange an Stoßstange. Man bekam nur dann einen Parkplatz, wenn man das Glück hatte, gerade zur Stelle zu sein, wenn jemand seinen Wagen aus einer Lücke bugsierte.
Oder wenn man es sich leisten konnte, »standesgemäß« zu

leben. Pichard hatte ganz in der Nähe zur Schnellstraßenauffahrt eine Parknische angemietet; sie war eigens für ihn reserviert und kostete ihn fast die Hälfte seines Monatseinkommens, aber bei Yokus Vermögen ... Nun ja, wenn sie unbedingt so leben wollte, wie es ihren »Verhältnissen« entsprach. Aber wer war er, daß er sich darüber beklagte? Immerhin war ihm damit ein Parkplatz sicher – kaum drei Kilometer von seinem Haus entfernt!
Zwar war dieser Parkplatz trotz der ausdrücklichen Warnung, ein solches Tun werde mit Abschleppen und einer Geldbuße nicht unter drei Tagessätzen belegt, jedesmal besetzt, wenn Pichard den Wagen einmal bewegt hatte, aber er hatte mit einem nahe gelegenen Abschleppunternehmen einen Vertrag geschlossen: Ein Anruf genügte, und das Unternehmen entfernte den Parksünder, woraufhin es den konfiszierten Wagen – meist verstießen die Besitzer dieser widerlichen kleinen City-Flitzer gegen bestehendes Recht – erst nach Bezahlung der staatlich vorgeschriebenen Aufwandsentschädigung freigab. Pichard bekam fünfzehn Prozent der dabei anfallenden Summen auf sein Konto überwiesen, was die Parkplatzgebühren fast wieder einbrachte.
So gesehen war es ein Glück, daß er damals, zu Beginn ihrer Ehe, keinen Widerspruch erhoben hatte, als Yoku darauf bestanden hatte, die Parknische anzumieten; heutzutage waren sie sogar im Diplomatenviertel nur noch erhältlich, wenn der Vorbesitzer verschied. Die Wartelisten waren geradezu kilometerlang, und alle paar Wochen berichteten die Zeitungen in den benachbarten SEKTOREN darüber, daß man einen Mörder verurteilt hatte, der sein Opfer beseitigt hatte, um in der Warteliste vorzurutschen oder gar direkt eine Parknische anmieten zu können. Was allerdings nach vertraulicher Auskunft seines Bekannten, des

Sicherheitsministers, frei erfunden war und nur Neid wecken sollte ...
Aber andererseits hätte er auch schon damals nicht die geringste Chance gehabt, sich bei einer Entscheidung durchzusetzen, bei der Yoku anderer Meinung war als er ...
»Giba hat erzählt«, sagte Yoku, nachdem sie die zweite Querstraße hinter sich gebracht hatten, »daß ihr Mann mit zwei Kollegen eine Fahrgemeinschaft gebildet hat.«
»Ja, die kommen jetzt auch bei uns in der Nähe immer mehr in Mode«, sagte Pichard desinteressiert.
Es kümmerte ihn herzlich wenig, was Gibas Mann trieb, solange er es nicht mit Yoku trieb. Außerdem hatte er schon längst bemerkt, daß die Kinder mit ihrem Nörgeln innehielten und die Ohren spitzten, um etwas aufzuschnappen, was nicht für sie bestimmt war. Kein Wunder; Yoku erzählte fast ununterbrochen von den wechselnden Beziehungen ihrer Freundin oder ihren Beziehungsfehden, wenn sie zufällig gerade mal wieder einen festen Partner hatte und nicht in Singlebars herumhing, um Ruppets Gebot mit größerem Enthusiasmus zu folgen, als der gute Mann es sich je hätte träumen lassen. Obwohl die Kinder sich noch nichts darunter vorstellen konnten, erkannten sie intuitiv, daß die Eltern dieses Thema in ihrer Gegenwart zu meiden pflegten. Pichard war allerdings klar, daß es sie genau aus diesem Grund natürlich ganz besonders interessierte.
Yoku war nicht gewillt, das Thema damit auf sich beruhen zu lassen. »Du weißt ja, sie wohnen in SEKTOR 73«, sagte sie.
»Da müssen die Parkplatzprobleme geradezu katastrophal sein«, entgegnete Pichard lapidar.
»Und ob«, holte Yoku aus. »Schatzi« – so hieß Gibas derzeitiger Schwarm natürlich nicht, aber alle nannten ihn so, weil er eben einer war – »ist neulich von der Arbeit nach

Hause gekommen und einen halben Tag lang um den Block gefahren, ohne einen Parkplatz zu finden. Als er dann in einen Ampelschock geriet, ist Giba zu ihm in den City-Flitzer gestiegen und hat mit ihm den Platz getauscht, damit der Arme sich ins Bett fallen lassen und ein wenig schlafen konnte. Als er wieder zur Arbeit mußte, hatte Giba noch immer keinen Parkplatz gefunden. Ein paar Idioten hatten ihre Wagen mitten auf der Straße stehen lassen oder waren hinter dem Steuer eingeschlafen, und der Stau hielt bis zum nächsten Morgen an, da die Polizei nicht zum Einsatzort durchkam. Als er sich dann auflöste, ist Schatzi zu ihr ins Auto gestiegen, hat den Platz mit ihr getauscht und ist wieder zur Arbeit gefahren. Weißt du noch, das war letztes Jahr kurz vor dem Ruppetfest, als der Verkehr in der Stadt vier Tage lang zusammengebrochen war. Tagsüber hat Giba geschlafen, um abends Schatzi am Steuer ablösen zu können. Aber nach dem Fest hat sich die Situation ja schnell wieder beruhigt. Ist ja jedes Jahr dasselbe.«

Und Schweine können fliegen, dachte Pichard bei sich, *tun es aber nicht, weil sie nicht wollen, daß wir sie dabei beobachten.* Als Yoku diese Geschichte zum vorletzten Mal erzählt hatte, war dieses Mißgeschick nicht Gibas Schatzi, sondern einem aus dessen Fahrgemeinschaft zugestoßen, und das mit den vier Tagen kam ihm ebenfalls übertrieben vor. Er wußte allerdings nicht, wie lange der Mann wirklich im Stau gesteckt hatte; schon damals hatten Gibas Sorgen ihn nicht die Pille interessiert.

»Ja«, sagte Piota laut und schlug sich im Geist auf die Schulter, weil er den Mietvertrag für die Parknische erst vor kurzem verlängert hatte. Schon von weitem sah er den Parkplatz: Er war die einzige unbebaute Fläche in ihrem Block, ein (aufgrund der unterschiedlichen Farben der hier abgestellten Wagen) bunter Klecks inmitten gleich großer,

in gleichem Stil bebauter Grundstücke, auf denen gleich große, gleich hohe Häuser mit gleichen Türen, Fenstern und sogar Anstrichen standen.
Pichard hatte nie begriffen, warum der Parkplatzbesitzer nicht schon längst ein mehrstöckiges Parkhaus errichtet hatte. Jeder Grundstücksbesitzer bekam von den Banken schier unbegrenzten Kredit, vor allem, wenn er Parkhäuser errichten wollte.
Keine einzige Nische des Areals war unbesetzt. In jeder standen Autos, die meisten mit örtlichen, aber auch zahlreiche mit fremden Kennzeichen oder Diplomatenschildern. SEKTOR 72 war recht exklusiv; nicht umsonst standen hier die Botschaften der Außenwelten.
Alle Parknischen waren mit kleinen Schildern versehen, auf denen die vom Mieter angegebene Nummer vermerkt war; manche ließen sich mit knöchelhohen Schranken versperren, deren Edelstahldornen jeden, aber auch jeden noch so gut geschützten Reifen zerfetzen würden.
Pichard schüttelte den Kopf. Die Leute, die diese Sperren anbrachten, mußten zuwenig Zeit und zuviel Geld haben. Sie konnten zwar darauf vertrauen, daß ihre Parknische leer war, wenn sie den Wagen darauf abstellen wollten, aber dafür verzichteten sie auch auf die Vertragsprämien, die der jeweilige Abschleppdienst zahlte. Und der kleine Zeitverlust, das Abschleppunternehmen anzurufen und zu warten, bis der Parksünder gebührenpflichtig entfernt worden war, war Pichard die Provision allemal wert.
Im sicheren Vertrauen, bei seiner Rückkehr eine weitere Prämie kassieren zu können, lud Pichard seine Familie in den Wagen – ein City-Liner, nicht zu vergleichen mit den ekelhaft kleinen Flitzern, knapp zwei Jahre alt und erst sechzigtausend gelaufen –, tippte den Zündsicherungskode ein und ließ den Motor anspringen.

»Juchhei!« schrie Timo auf dem Rücksitz. »Wir machen unsern Ausflug!«
»Es wird bestimmt ein schöner Tag«, sagte Yoku beschwörend. »Ein schöner Tag am See.«
Pichard verdrehte die Augen und fuhr los.

Er hatte ungeschickt gehandelt, ja sogar unverantwortlich, aber die Kopfschmerzen hatten ihm nichts anderes zugestanden. Tatsächlich hatten sie nachgelassen, als er endlich aktiv geworden war; mehr noch, sie waren fast vollständig verschwunden. Nun kehrten sie allmählich zurück.
Natürlich hatte er abwarten müssen, bis nach dem Ampelschock der Verkehr wieder in Gang gekommen war. Es wäre völlig sinnlos gewesen, sich eines mitten im Stau steckenden Wagens zu bemächtigen. Zwar hätte er den Fahrer eines ruhenden City-Flitzers leichter überwältigen können als den eines Flitzers, der in Bewegung war – wie sein unrühmlicher Versuch unter Beweis stellte. Aber einerseits hätte er dann nicht gewußt, wann der Verkehr wieder in Gang kam, und eventuell noch stundenlang im Stau gestanden, andererseits hätte ein einziger Zeuge genügt, der den Vorfall beobachtete und die Sicherheitskräfte alarmierte, und er wäre festgenommen worden.
Dann hätte er sein Ziel niemals verwirklichen können.
Perry Rhodan töten ... bei der Ankunft auf dem Raumhafen ... die offizielle Begrüßung ...
Noch einmal durfte er nicht so leichtsinnig vorgehen. Aber als er die schwangere Frau auf der Rückbank gesehen hatte, hatte er gezögert, und dieser kurze Augenblick hatte dem völlig verwirrten und eigentlich schon wehrlosen Fahrer des Flitzers genügt, um den Überfall in einer Panikreaktion abzuwehren. Oder zumindest das Fahrzeug unbrauchbar zu machen.

Was auf dasselbe hinauslief. Er konnte von Glück sagen, den Tatort unbeschadet verlassen zu haben.
Es überraschte ihn, mit welcher Brutalität er vorgegangen und wie leicht es ihm gefallen war, die beiden Männer auszuschalten. Wäre die Frau nicht gewesen ... Er konnte offensichtlich auf Kampftechniken zurückgreifen, von denen er gar nicht wußte, daß er in ihnen geübt war. Beruhten sie auf langjähriger Erfahrung, oder hatte man sie ihm einfach programmiert? War er ein ... programmierter Attentäter?
Perry Rhodan töten ...
Gleichzeitig bestürzte ihn, wie kaltblütig er vorgegangen war. Er hegte keinen Zweifel daran, daß er notfalls rücksichtslos getötet hätte, um sich in den Besitz des Fahrzeugs zu setzen, wäre es nicht durch den Zusammenstoß beschädigt worden. Zumindest galt das für die beiden Männer. Was die wehrlose Frau betraf, so hoffte er, es niemals herausfinden zu müssen.
Doch irgendwie befürchtete er, daß diese Hoffnung sehr trügerisch war.
Es war ihm nicht schwergefallen, in dem Gewimmel unterzutauchen, das auf den Bürgersteigen herrschte. Zwar löste es sich mit dem Ende des Ampelschocks verhältnismäßig schnell auf, doch auf den Straßen Ruppets herrschte auch unter normalen Verhältnissen ein solcher Andrang, daß er ihm Deckung bot. Um etwaige Verfolger abzuschütteln, hatte er kurzfristig ein Gebäude betreten, es aber schnell wieder verlassen, als er feststellte, daß im Erdgeschoß ein rund um die Uhr geöffneter Kinderhort untergebracht war. Er wollte nicht von dem zahlreich vertretenen Personal angesprochen werden.
Nun war er erneut in der Menge untergetaucht. Doch diesmal ließ er sich nicht treiben, sondern schritt zielsicher aus.

Sein mißlungener Versuch hatte ihn nachdenklich gemacht. In SEKTOR 73 herrschten aufgrund des gerade überwundenen Ampelschocks nach wie vor Hochbetrieb und Unruhe; die Ruppeter hasteten zu ihren Fahrzeugen oder zurück zu ihren Wohnungen, waren aufgebracht oder erleichtert, aber auf jeden Fall aufgewühlt, und er brauchte relative Ruhe und Ungestörtheit für sein Vorhaben.
Vielleicht war es doch besser, einfach ein Fahrzeug zu *stehlen*, um damit zum Raumhafen zu gelangen, statt es zu *rauben* und dabei gegen den Besitzer tätlich werden zu müssen. Und im benachbarten SEKTOR 72, dem Diplomatenviertel, waren die Aussichten, unbemerkt ein stehendes Fahrzeug zu finden, größer, auch wenn dort wesentlich mehr Sicherheitskräfte zur Überwachung der Vertretungen der galaktischen Reiche eingesetzt waren. Wenn er umsichtig vorging, müßte es ihm gefahrlos möglich sein, einen geparkten City-Flitzer zu knacken, und wenn ihm erst mal ein Fahrzeug zur Verfügung stand, würde er den Raumhafen zeitig erreichen und Gelegenheit haben, vor Rhodans Ankunft die Lage zu sondieren.
Er fragte sich, wieso ihm der Unterschied zwischen Diebstahl und Raub so vertraut war, der vom Großteil der Bevölkerung eigentlich eher als ein rein juristischer angesehen wurde. Er fragte sich, wieso er als ganz selbstverständlich voraussetzte, daß er die Örtlichkeiten auskundschaften mußte, bevor er handeln durfte.
Perry Rhodan töten ... bei der Ankunft auf dem Raumhafen ... die offizielle Begrüßung ...
Aber all diese Fragen führten letztlich nur zu einer einzigen, der entscheidenden: Wer war er?
Die Kopfschmerzen wurden wieder stärker. Er bezweifelte nicht mehr, daß sie in einem ursächlichen Zusammenhang mit seiner partiellen Amnesie standen oder ihn zumindest

dazu treiben sollten, seine Aufgabe zu erfüllen.
Doch wer war imstande, ihm dermaßen übel mitzuspielen?
Und ... was war mit ihm geschehen?
Fragen, auf die er, wenn überhaupt, die Antwort wohl nur am Raumhafen finden würde. Und er war keineswegs überzeugt, daß diese Antwort ihm gefallen würde.
Aber vorher mußte er sich ein Transportmittel besorgen ...

»Wag es ja nicht, mir Vorwürfe zu machen!« sagte Yoku, als Piota Pichard das Handy zuklappte. »Ich trage keine Schuld. Ich kann nichts dafür. Und wehe, du sagst jetzt: 'Du wolltest ja zum See!'«
»Du *wolltest* zum See«, wiederholte er unbarmherzig.
»Ich wollte *nicht* zum See!« Seine Frau ballte die Hände zu Fäusten. Auf ihrer zitternden Oberlippe hatten sich kleine Schweißperlen gebildet. Ihre Lider zuckten hektisch, genau wie die Mundwinkel. »Du hast es den Kindern versprochen.«
»Weil du darauf bestanden hast.«
»Wetten wir?« krähte Tiwe auf der Rückbank des City-Liners.
»Worum?« fragte Timo.
»Um einen Nachtisch.«
»Neeiinn«, sagte Timo mit der engelgleichen Geduld, mit der er Eltern wie Geschwister manchmal zur Weißglut treiben konnte. »Ich meine, *worum* sollen wir wetten?«
»Ach so«, sagte Tiwe, als hätte sie es mit einem Schwachsinnigen zu tun, »*worüber.*« Mit dieser herablassenden Haltung bedachte sie Kinder wie Erwachsene gleichermaßen, als gäbe es keinen Unterschied zwischen ihnen. »Wetten wir, daß Mami gleich wieder um sich schlägt!«
»Aber sie tut doch immer nur so«, mischte Tika sich ein.

»Sie trifft Papi doch nie. Immer schlägt sie haarscharf an ihm vorbei.«
»Leider«, sagte Tiwe lapidar.
»Wenn dahinten noch ein Wort fällt«, sagte Yoku, »schlage ich zu, aber nicht vorbei.«
»Sie droht nur«, sagte Tiwe.
»Wie immer«, fügte Tika hinzu.
»Ich weiß nicht«, warnte Timo. »Ich glaube, gleich schlägt sie wirklich zu.«
»Wenn ihr nicht sofort die Klappe haltet«, brüllte Piota, »schlage *ich* zu!«

Die wohltuende Ruhe gab Piota Pichard Gelegenheit, ihren schönen Tag am See Revue passieren zu lassen, während sie auf das Abschleppunternehmen warteten. Er hatte den City-Liner direkt hinter den unverschämten Verkehrssünder postiert, der ihren angemieteten Parkplatz mit Beschlag belegt hatte. Sollte der Mistkerl zurückkehren, bevor der Wagen des Betriebs eintraf, konnte er nicht im letzten Augenblick davonfahren und Pichard um die wohlverdiente Prämie bringen. Und auch nicht um den Genuß, einem asozialen Element wieder mal einen Denkzettel verpaßt zu haben, der den rücksichtslosen Verkehrsteilnehmer im wahrsten Sinne des Wortes teuer zu stehen kam.
Der Ausflug hatte schon ausgezeichnet begonnen.
Direkt nach ihrem Aufbruch am frühen Morgen waren sie in einen Stau geraten, Auswirkung einer ungenehmigten Demonstration in SEKTOR 1, die zu einem Ampelschock geführt hatte, der den Verkehr in über 160 SEKTOREN beeinträchtigt hatte. Als er sich nach verhältnismäßig kurzer Zeit – sie hatten die Kinder lediglich zwei Stunden mit improvisierten Spielen bei Laune halten müssen – wieder auflöste, war die Stimmung der Eltern schon säuerlich, die

der Kinder aber ungebrochen gut gewesen.
»Zum See!« krächzte Timo ununterbrochen vor sich hin. »Wir fahr'n zum See!«
Eine knappe halbe Stunde später war der Verkehr erneut zusammengebrochen – nun aufgrund einer Polizeiaktion, über die das Radio ausführlich berichtete, auch wenn die Nachrichtensprecher keine Einzelheiten mitzuteilen wußten. Immerhin bekam Pichard mit, daß Sicherheitsstufe eins ausgerufen worden und es zu zahlreichen präventiven Verhaftungen gekommen war und noch immer kam. Die Bevölkerung wurde eindringlich aufgefordert, Ruhe zu bewahren.
Diesmal kamen sie zweieinhalb Stunden lang keinen Meter weiter.
Piota grinste die ganze Zeit über unentwegt vor sich hin, während Yokus Gemütsverfassung sich langsam, aber stetig dem Siedepunkt näherte. Schließlich hatte er doch vor der Fahrt zum See gewarnt, die eindeutig auf dem Mist seiner Frau und der Kinder gewachsen war. Und der Tag war sowieso schon hinüber; da war es ihm gleichgültig, ob er im Stau stand oder sich sonstwie mit den Kindern beschäftigen mußte. Er war auf keinen der Versuche Yokus eingegangen, ein Gespräch mit ihm zu beginnen, und hatte sie mit hämischem Vergnügen der Aufgabe überlassen, die Kinder daran zu hindern, aus Langeweile den City-Liner auseinanderzunehmen oder sich gegenseitig umzubringen.
Danach war die Fahrt eine Weile verblüffend problemlos verlaufen. Sie hatten ohne weitere Zwischenfälle das Schutzgebiet um das Gewässer erreicht. Der Berelfeld-See war als Naherholungsgebiet ausgewiesen; er wurde streng geschützt, und angeblich sollte es noch *Fische* in ihm geben. Offiziell stand er uneingeschränkt der gesamten Bevölkerung zur Verfügung; in der Praxis wurde er jedoch

fast ausschließlich von Einwohnern des Diplomatenviertels oder anderen Wohlhabenden genutzt. Dafür sorgte schon der Umstand, daß das Parken in der Peripherie des Sees lediglich in Parkhäusern möglich war, die exorbitante Gebühren verlangten. Ein vier Stunden lang gültiges Ticket verschlang im Durchschnitt – die Summen, die verlangt wurden, variierten – einen halben staatlich vorgeschriebenen Mindestlohn. Pichard begrüßte diese Preisgestaltung; er war voll und ganz damit einverstanden, daß die, die es sich leisten konnten, unter sich blieben.
Allerdings mußte er feststellen, daß es entweder mehr Ruppeter gab, die es sich leisten konnten, als er es sich vorgestellt hatte, oder die, die es sich eigentlich nicht leisten konnten, so bescheuert waren, wochen-, monate-, wenn nicht sogar jahrelang darauf zu sparen, ihrem krakeelenden Nachwuchs einen schönen Tag am See bieten zu können. Schon die Zufahrtswege zu den Parkhäusern waren hoffnungslos verstopft.
Während die lieben Kleinen sich nun ernsthaft anschickten, der kostbaren Innenausstattung des City-Liners irreparable Schäden zuzufügen, und Yoku in immer kürzeren Abständen auf den Inhalt der Pillendose zurückgriff, die sie bei Ausflügen stets mit sich führte, kam Piota auf die seines Erachtens geniale Idee, direkt zum teuersten, also seenächsten Parkhaus zu fahren, weil sich wohl nur eine exklusive Minderheit die dort erhobenen Gebühren leisten konnte und ergo dort ausreichend Parkraum zur Verfügung stehen würde.
Leider mußte Pichard feststellen, daß diese Minderheit so exklusiv nicht war. Das Parkhaus schloß wegen endgültiger Auslastung, als zwischen ihnen und dem Kassenhaus nur noch drei City-Liner standen.
Die Kinder *tobten.*

Piota achtete nicht darauf. Er war zu sehr damit beschäftigt, den Fehler in der Logik seiner Gedankenkette zu suchen, gab schließlich jedoch entnervt auf.
Immerhin war die Zufahrtsrampe zum Parkhaus erhöht, so daß die Kinder den See wenigstens sehen konnten.
Die Rückfahrt war in entsprechend gereizter Stimmung verlaufen. Den Kindern hätte man keine spitzen Gegenstände in die Hände geben dürfen; Yoku betrachtete schließlich mit einem Blick, aus dem schiere Verzweiflung sprach, die letzte Pille in ihrem Döschen. Lediglich Piota pfiff manchmal vergnügt vor sich hin; es bestand begründete Hoffnung, daß dieser Ausflug für geraume Zeit der letzte blieb, zu dem man ihn nötigte.
Doch als sie nun vor dem von einem Fremdparker gesetzwidrig benutzten Parkplatz auf das Abschleppunternehmen warteten, schlug das Klima im City-Liner plötzlich auf seltsame Weise um. Timos, Tikas und Tiwes Zerstörungsdrang löste sich auf einmal auf, und sie sprachen aufgeregt, wenn nicht sogar begeistert von ihrem schönen Tag und übertrafen sich gegenseitig in ihren Schilderungen, daß sie den See sogar gesehen hatten, leibhaftig und mit eigenen Augen ... wie aufregend braun und trüb das Wasser doch gewesen sei und wie hoch die Wellen und ob die *Fische* im See diese Wellen erzeugten und was ein Fisch überhaupt sei und wie er aussah ... Und bei Yoku schien die Wirkung des Zeugs, das sie bei solchen Anlässen immer in sich hineinschmiß, endlich einzusetzen, denn sie lächelte ihn tatsächlich an und sagte: »Eigentlich ist der Tag doch sehr schön gewesen, meinst du nicht auch?«
Pichard knurrte etwas Unverständliches und schüttelte sich. »Laß uns schon mal aussteigen«, sagte er. »Der Abschleppdienst müßte jeden Augenblick kommen.«
Aus reiner Macht der Gewohnheit aktivierte er die

WURIU SENGU

AD ASTRA

Illustration von **Swen Papenbrock** aus **DER PROGRAMMIERTE ATTENTÄTER** von Uwe Anton
 (Perry Rhodan Band 407)

BSV **Burgschmiet Verlag**, Nürnberg 1997 HTTP://WWW.BURGSCHMIET.COM

Zündsicherung. Dann wartete er, bis Yoku und die Kinder den City-Liner verlassen hatten, da man den Einfallsreichtum und die spontane Zerstörungswut der Kleinen niemals unterschätzen durfte, und stieg ebenfalls aus.
Was dann geschah, bekam er gar nicht richtig mit. Aus einem Augenwinkel nahm er eine Bewegung wahr. Im nächsten Moment flammte ein so heftiger Schmerz in seinem Nacken auf, daß die Beine ihm den Dienst versagten, ihm Tränen in die Augen schossen und sein Blick sich trübte. Er brach auf den Gehweg zusammen, rollte sich hilflos herum und wartete einzig und allein darauf, daß die unerträgliche Pein, die sich rasend schnell in Kopf und Schultern ausdehnte, etwas nachließ.
Wie aus weiter Ferne hörte er einen gellenden Schrei, der abrupt wieder verstummte. Er glaubte, Yokus Stimme erkannt zu haben, war sich aber nicht sicher. Das Geplärre der Kinder erkannte er allerdings ganz genau; doch nun wohnte ihm eine neue, noch nie wahrgenommene Qualität inne. Es war nicht das übliche Geschrei, mit dem sie nur ihren Willen durchsetzen wollten; nein, diesmal sprach echte Angst daraus.
Die Kinder!
Es erstaunte ihn übermäßig, doch der Gedanke an Timo, Tika und Tiwe verlieh ihm irgendwie die Kraft, sich aufzurappeln und zu ihrem City-Liner zu torkeln. Er konnte kaum etwas erkennen. Die Tränen ließen alles verschwimmen, und der Schmerz engte sein Sichtfeld auf einen schmalen Tunnel ein, in dem braune und rote Schlieren wogten. Er machte lediglich eine gut gekleidete Gestalt aus, die hinter dem Lenkrad des Fahrzeugs saß und hektisch versuchte, den Motor anspringen zu lassen.
Die Zündsicherung! Er hatte die Zündsicherung aktiviert! Um den Wagen zu starten, mußte man einen vierstelligen

Kode eingeben. Der neueste Schrei auf dem City-Liner-Markt, eine einfache, aber wirksame Diebstahlsicherung.
Er spürte eine Bewegung an seinem Bein. Eins der Kinder war zu ihm gelaufen oder gekrabbelt und suchte hinter ihm Schutz.
Die Gestalt hinter dem Lenkrad schien die Sinnlosigkeit ihres Unterfangens eingesehen zu haben. Sie kam mit einer geschmeidigen Bewegung dahinter hervor und stand groß und bedrohlich vor ihm.
»Der Kode!« hörte Pichard wie durch Watte, ein dumpfes, kaum verständliches Grollen. »Nenn mir den Kode!«
Seine Gedanken flossen träge wie Sirup. Erst jetzt wurde ihm vollends klar, daß der Mistkerl allen Ernstes versuchte, seinen City-Liner zu klauen, und das hier, mitten im Diplomatenviertel! Wo waren die Sicherheitskräfte, die solchen Abschaum eigentlich von den Botschaften der galaktischen Mächte fernhalten sollten? Beschweren würde er sich, bei seinem Freund, dem Sicherheitsminister persönlich ...
Pichard konnte die Gestalt noch immer nicht genau ausmachen. Schemenhaft kam sie näher, ein verschwommenes Etwas. Aber die Gefahr, die von ihr ausging, war alles andere als verschwommen. Sie war höchst real.
Und plötzlich hatte Pichard den rettenden Einfall. Auf einmal wußte er, wie er ihr begegnen konnte. Oder hoffte es zumindest.
Er ging in die Hocke, tastete blindlings nach seinem Kind, das sich in panischer Angst an sein Bein klammerte, bekam es zu fassen, löste den Griff um seinen Oberschenkel und riß es hoch. Er wußte nicht, ob es einer der Jungs oder das Mädchen war, aber das war ihm in diesem Augenblick völlig gleichgültig.
Er hielt das Zeter und Mordio schreiende Kind schützend

vor seinen Kopf und Oberkörper. »Komm und hol dir den Kode!« sagte er oder wollte es zumindest sagen, aber seine Worte waren sogar für ihn selbst unverständlich, und sein Gegenüber würde wohl nur ein abstruses Nuscheln vernehmen.

In der Ferne erklang eine Sirene.

Die Polizei! dachte er elektrisiert. *Jemand hat den Überfall beobachtet und gemeldet, und endlich kamen die Sicherheitskräfte angerollt! Das wurde auch höchste Zeit!*

Aber nein ... Er erkannte das Geräusch. Es war die Sirene des von ihm bestellten Abschleppwagens, der den Fremdparker von seinem Parkplatz entfernen sollte. Handelte es sich bei dem Angreifer etwa um den Besitzer des von ihm zugeparkten schäbigen City-Flitzers? Wollte dieser Verbrecher etwa lediglich den City-Liner beiseite fahren, damit er den Parkplatz danach ungehindert verlassen konnte, ohne die Abschleppgebühren zu bezahlen? Dieser Tour würde er ihm vermasseln!

Pichard ließ das Kind unsanft fallen und stürzte sich, noch immer fast blind, mit einem Aufschrei auf den Parksünder. Erst im letzten Augenblick sah er die Handkante, die sich seinem Gesicht – nein, seinem Hals – näherte. Dann brach sein Tunnelblick vollends zusammen, und als er eine Sekunde oder eine Ewigkeit später wieder zu sich kam, sah er Yoku ins Gesicht. In ihren Augen lag eine Besorgnis, von der er gar nicht gewußt hatte, daß sie nach all diesen Ehejahren überhaupt noch existierte.

Vielleicht hatte er sich auch getäuscht, denn die Sorge verschwand sofort wieder aus ihrem Blick. Sie richtete sich auf, und er stellte fest, daß er von mehreren Personen umgeben war, darunter die Kinder und der Fahrer des Abschleppwagens.

»Was hatte denn das zu bedeuten?« keifte Yoku.

Verständnislos schüttelte er den Kopf, aber nur kurz, dann mahnten pochende Schmerzen ihn, jede Bewegung zu unterlassen.

»Wieso hat er uns überfallen? Wieso hat er dich zusammengeschlagen? Was hast du ihm getan? Wieso hast du dich überhaupt zusammenschlagen lassen?«

»Was?« krächzte er. »Wer hat mich zusammengeschlagen?«

»Jetzt behaupte bloß nicht, du hättest ihn nicht erkannt! Es war dein angeblich so guter Freund, der Sicherheitsminister!«

5

Wenn man die selbstgestellte Aufgabe des Konventikels Expandere universalis – die vollständige Besiedlung der Galaxis durch Menschen – berücksichtigt, das die Verwendung von Verhütungsmitteln sowie andere Formen der Geburtenkontrolle strikt untersagt, ja sogar unter Strafe stellt, muß dem aus den Angehörigen des Konventikels hervorgegangenen Volk der Ruppeter vor allem die zweite Wirkung der Strahlungskomponente der Sonne Marneb – die gesteigerte Fruchtbarkeit – wie die Bestätigung ihres Glaubens und das Erhören ihres religiösen Flehens vorgekommen sein. Wie ein grausamer Fluch mutet hingegen die primäre Wirkung der Strahlungskomponente an, der bodenständige Impuls. Konnten die Ruppeter nun das Diktum Gehet hin und vermehret euch! so erfolgreich erfüllen, wie es ansonsten nur den Blues möglich ist, waren sie aufgrund des Impulses praktisch Gefangene ihrer eigenen Welt geworden. Betrachtet man ihr Schicksal, ist man geneigt, an die Existenz einer grausamen Gottheit zu glauben, die aber einen köstlichen, wenn auch verdrehten Sinn für Humor unter Beweis stellt. Zusätzlich verschärft wurde die Lage für die Ruppeter noch durch die geographischen Eigentümlichkeiten ihrer Welt, sprich den Mangel an bewohn- und bebaubarem Land. Binnen weniger Jahrhunderte wurde die kaum vorstellbare Extrapolation einer möglichen Übervölkerung zu einer katastrophalen und alptraumhaften Realität.
Mikail Tyssen Kais (Hrsg.), Encyclopaedia Universalia, Eintrag: Ruppet, Planet (Auszug), Nembar: Verlag HDS 3000f.

Bridget Märchtehn
Unser Mann in Terrania

Nerval Rodrik fühlte sich wesentlich wohler. Die seltsame Kälte und Kraftlosigkeit, die Unentschlossenheit und das Zaudern waren nun, da die Maschinerie seiner Organisation angelaufen war, schlagartig von ihm abgefallen. Er war in seinem Element.

Oder lag es nur daran, daß diese Maschinerie, einmal in Bewegung gesetzt, fast von allein lief?

Sie hielten sich noch immer bei dem mittlerweile großflächig abgesperrten Gebäude auf, in dem eine fremde – und leider noch unbekannte – Macht eine Art Labor errichtet hatte. Denn wenigstens das stand nun fest: Im Hinterraum hatten sich tatsächlich mehrere Behälter mit den Kantenlängen zwei mal einen Meter befunden, dazu zahlreiche Computer und weitere Geräte. Auch der Vorderraum hatte über eine beträchtliche Rechnerpower verfügt, bevor er der Zerstörungswut der Unbekannten anheimgefallen war. Über Sinn und Zweck der Geräte rätselten die Experten noch immer; das schloß auch den seltsamen Helm im Vorderraum ein. Fest stand nur: Sie stammten nicht von Ruppet. Wie Nerval jedoch befürchtet hatte, waren seine Labortechniker bislang nicht imstande gewesen, die Herkunft der Geräte zu bestimmen, und er bezweifelte, daß ihnen dies in Bälde gelingen würde.

Zumindest nicht in den – er schaute auf das Chronometer – jetzt noch gut achtzehn Stunden bis zu Perry Rhodans Ankunft.

Aber wenigstens hatten sie in anderer Hinsicht erste Erfolge erzielt. Nerval schaute zu einem Fachmann von der Spurensicherung hinüber, der den Kopf schüttelte, um ihm anzudeuten, daß noch keine neuen Erkenntnisse vorlagen, und verließ den Hauptraum mit den geschäftig wirkenden Labortechnikern wieder. Er kniff kurz die Augen gegen die tiefstehende rote Sonne zusammen und schritt zu der mobilen Einsatzzentrale, einem Kastenwagen, der mit den modernsten Kommunikationsgeräten ausgerüstet war, die die ruppetische Technik zu bieten hatte.

Der Posten trat respektvoll zur Seite, als Rodrik die drei Stufen erklomm, die zum Wagen hinaufführten. In dem winzigen Innenraum arbeiteten drei seiner Leute zusammen, ohne sich bei jeder Bewegung anzurempeln. Das ließ sich von Didjeh Fohrtuhn nicht sagen; sein Stellvertreter stand, die Arme eng an den prächtig gestylten Körper gedrückt, mitten im Raum, umgeben von Computern, Funk- und Faxgeräten und sonstigem in die Wände eingebauten Instrumentarium, und wagte sich nicht zu rühren, um die Kollegen nicht zu stören.

Für fünf Personen war die mobile Zentrale entschieden zu klein, befand Rodrik. Er gab Fohrtuhn ein Zeichen und verließ den Wagen wieder.

Sein Stellvertreter kam kurz darauf mit einem dicken Stapel Papier unter dem Arm zum Vorschein. Er schien erleichtert aufzuatmen, wieder unter freiem Himmel zu stehen.

»Hat die Ringfahndung neue Ergebnisse gebracht?« ging Rodrik sofort in medias res.

»Achtzehnhundert Vorfälle«, antwortete Fohrtuhn. »Unsere Leute sortieren noch aus. In ein paar Minuten haben sie die neue Prioritätsliste erstellt.«

Wie angenehm, dachte Nerval, *wenn die Räder sich wie geschmiert drehen.* »Was ist mit diesen vier Verdächtigen?« fragte er.

Sie hatten auf der ersten Liste ganz oben gestanden. Nachdem für sämtliche Sicherheitskräfte die Alarmstufe eins ausgerufen worden war, hatte es mehrere tausend Verhaftungen gegeben. Jeder, der sich in irgendeiner Hinsicht auffällig benommen hatte, war festgenommen worden.
Darunter auch vier Personen, drei Männer und eine Frau, die unabhängig voneinander völlig orientierungslos und ohne Papiere aufgegriffen worden waren. Sie hatten nichts bei sich getragen, was zu einer Identifizierung führen konnte. Erste Untersuchungen hatten ergeben, daß sie weder unter dem Einfluß von Alkohol noch unter dem irgendwelcher Drogen standen, jedenfalls keinen, die mit den ihnen zur Verfügung stehenden Mitteln nachgewiesen werden konnten. Dennoch waren sie nicht ansprechbar; sie lallten völlig unverständliches Zeug vor sich hin, wenn sie überhaupt etwas sagten.
Eine solche Person, das hätte Nerval noch angehen lassen. Aber gleich vier von ihnen, die zwar an unterschiedlichen Orten, aber alle in der Nähe des Tatorts aufgegriffen waren, und das auch noch in etwa der gleichen Entfernung davon – das konnte kein Zufall sein. Zu diesem Schluß war nicht nur Rodrik, sondern auch der Computer gekommen, der sie folglich an die Spitze der Liste gesetzt hatte, in der sämtliche Festnahmen erfaßt und auf ihre Plausibilität abgeklopft wurden.
»Noch nichts Neues«, brummte Fohrtuhn nach einem Blick auf das oberste Blatt seines Papierstapels. »Ihr Zustand ist unverändert.«
»Hat man bereits feststellen können, ob es sich um Ruppeter oder Fremdweltler handelt?«
Sein Stellvertreter schüttelte den Kopf. »Das dauert«, sagte er.

»Ich weiß. Ich hatte nur gehofft ...« Nerval brach ab und horchte in sich hinein. Verspürte er tief in sich – in seinen Zellkernen, hätte er fast vermutet, aber ihm war klar, das war Unsinn – wieder diese lähmende Kälte und Schwäche? Er riß sich zusammen. »Erkundigen Sie sich, ob die Liste schon fertig ist«, sagte er zu Fohrtuhn und versuchte, sich wieder zu konzentrieren.

Die vier Verdächtigen ... Ruppeter oder Fremdweltler? Diese Untersuchung war überaus schwierig, da die Ruppeter von Menschen des Solaren Imperiums abstammten und sich in knapp sechshundert Jahren genetisch kaum verändert hatten – abgesehen vom *bodenständigen Impuls*. Doch die Genomuntersuchung der vier Verdächtigen war kompliziert und langwierig. Bei der Analyse des einfachen Chromosomensatzes einer Zelle, der deren Erbmasse darstellte, stieß die ruppetische Wissenschaft an ihre Grenzen. Rodrik verfluchte erneut den Umstand, daß ihm nicht die Technik der galaktischen Reiche zur Verfügung stand. Deren Wissenschaftler hätten ihm wahrscheinlich in zwei Minuten sagen können, ob es sich bei den vier Festgenommenen um Ruppeter handelte oder nicht.

Ansonsten hatten sich auf der ersten Liste lediglich Blindgänger befunden. Keine brauchbaren, jedenfalls nicht besonders vielversprechenden Hinweise. Dennoch gingen seine Leute im Rahmen ihrer Möglichkeiten den aussichtsreichsten Spuren nach. Fohrtuhn kam aus der mobilen Einsatzzentrale und schwenkte einige Ausdrucke. Die zweite Liste war endlich fertig.

»Nur ein aussichtsreicher Vorfall«, nahm er Rodriks Frage vorweg. »Und der ist erst vor wenigen Minuten gemeldet worden. Besser gesagt, eigentlich zwei. Aber sie hängen zusammen, und der Computer hat sie sofort an die Spitze der Liste gesetzt.«

»Was denn nun?« fragte Nerval.
»Zwei Überfälle. Beide Male wollte der Täter – falls es überhaupt derselbe ist – sich in den Besitz eines Fahrzeugs bringen. Das Vorgehen und die Beschreibung des Delinquenten stimmen in etwa überein.«
»Lassen Sie mal sehen.« Rodrik überflog den ersten Bericht. In SEKTOR 73, einem reinen Wohnbereich, der an den Geschäftsgürtel um SEKTOR 1 grenzte, hatte ein Unbekannter sich gewaltsam Zutritt in einen City-Flitzer verschafft, als der auf den Ampelschock folgende Stau sich gerade aufgelöst hatte. Der Fahrer hatte schnell und kaltblütig reagiert und den Unbekannten in die Flucht geschlagen. Dabei war sein Flitzer leicht beschädigt worden.
»Was wissen wir über diesen« – Nerval warf einen Blick auf den Ausdruck – »Vinzenz Vermol?«
Fohrtuhn schaute auf ein anderes Blatt. »Ein kleines Licht«, sagte er. »Hat ein furchtbares Theater um die leichten Schäden an seinem Flitzer gemacht. Er ist Konventionalist. An seiner Aussage stimmt etwas nicht. Wir haben herausgefunden, daß sich unmittelbar vor dem Vorfall eine weitere Person in seinem Fahrzeug aufhielt, wahrscheinlich eine Frau, die allerdings spurlos verschwunden ist. Vermol bestreitet das energisch.«
Nerval Rodrik nickte. Die Konventionalisten zählten zu den staatsgläubigsten Ruppetern. Sie befolgten zwar inbrünstig Ruppets Gebot, aber nur innerhalb der Ehe, die ihnen heilig war. Ehebruch ahndete die Sekte mit sofortigem Ausschluß. Wahrscheinlich hatte sie genau deshalb in letzter Zeit so stark an Mitgliedern und Bedeutung verloren, überlegte Rodrik zynisch.
»Was ist mit dieser Frau, die beim Überfall im Flitzer der Fahrgemeinschaft war?« fragte er. »Hat man sie schon verhört?«

Fohrtuhn schüttelte den Kopf. »Sie wurde gerade von gesunden Fünflingen entbunden«, sagte er. »Zwei Jungen, drei Mädchen. Die Polizeikräfte haben einen Krankengleiter angefordert. Der Zwischenfall war ihr Glück. Es war höchste Eisenbahn. Mit dem City-Flitzer hätte sie es nicht mehr rechtzeitig ins nächste Entbindungsheim geschafft.«

»Jemand soll mit ihr sprechen«, ordnete Rodrik an. »Wir brauchen auch ihre Täterbeschreibung. Die der beiden anderen Hauptzeugen sind nicht sonderlich genau. Und der zweite Vorfall?«

»In SEKTOR 72.«

Rodrik merkte auf und runzelte die Stirn. »Im Diplomatenviertel«, sagte er.

»In einer Entfernung vom ersten Tatort, die man in der Zeitspanne zwischen den Überfällen bequem zu Fuß zurücklegen kann«, ergänzte Fohrtuhn. »Ein ganz ähnliches Vorgehen. Das Opfer behauptet übrigens, Sie zu kennen.«

»Ach ja?«

»Piota Pichard, Staatssekretär im Gesundheitsministerium.«

Dienstlich hatte er noch nie mit ihm zu tun gehabt, aber Nerval erinnerte sich dunkel, den Mann gelegentlich auf Empfängen gesprochen zu haben. Niemals sehr ausführlich; erstens war Pichard ein Vollidiot und zweitens überaus unsympathisch. Er hatte eine reiche Erbin geheiratet, der jede Menge Grundbesitz im Diplomatenviertel in den Schoß gefallen war, mit ihr drei verzogene Kinder bekommen und machte aus seiner Arroganz keinen Hehl. Außerdem hatte Rodrik ihn im Verdacht, insgeheim ein Imperialist zu sein und Geburtenkontrolle zu praktizieren.

»Ein ausgesprochener Verhüter«, sagte er zu seinem Stellvertreter.

»Das können Sie laut sagen. Er hat ein furchtbares Theater gemacht und sich direkt auf Sie berufen. Wahrscheinlich verlangt er noch immer lauthals, mit Ihnen persönlich zu sprechen.«
»Darauf kann er lange warten.« Nerval überflog den Bericht. Der Raub war nur gescheitert, weil Pichard natürlich das neueste City-Liner-Modell besaß – eins der wenigen, die bereits mit einem Zündsicherungskode ausgestattet waren.
Die spärliche Beschreibung des Täters stimmte tatsächlich in Grundzügen mit den Beschreibungen überein, die die Zeugen des anderen Tatorts geliefert hatten. Schon früh am Anfang seiner Karriere hatte Nerval die Problematik solcher Angaben erkannt, und jetzt war er bereit, von einer Übereinstimmung auszugehen, wenn bei drei Zeugenbeschreibungen die Größe des Delinquenten nicht um mehr als zwanzig Zentimeter voneinander abwich und die Haarfarbe ähnlich geschildert wurde, also hell oder dunkel.
»Aber die Aussage von Pichards Frau ist doch seltsam, meinen Sie nicht auch?« fragte Fohrtuhn. Er hatte wieder dieses eigentümliche Funkeln in den Augen.
Rodrik wurde plötzlich wieder kalt. »Worauf wollen Sie hinaus?« fragte er.
»Ach, sind Sie so weit unten im Bericht noch nicht angelangt?« Fohrtuhn zuckte mit den Achseln. »Yoku Pichard behauptet, *Sie* hätten sie überfallen.«
»Ich habe die Frau noch nie im Leben gesehen«, knurrte Rodrik. Dann las er die Aussage der Frau Wort für Wort. Sie hatte tatsächlich behauptet, ihn erkannt zu haben, aber die Beamten, die das Verhör geführt hatten – und wohl noch immer führten, denn trotz aller Proteste des Staatssekretärs waren die Pichards mitsamt ihrer drei Kinder gemäß der Vorschriften der Sicherheitsstufe eins vorläufig festgenom-

men worden –, waren gewissenhaft vorgegangen und hatten trotzdem eine Beschreibung verlangt. »Braunes Haar, groß, schlank, gut gekleidet, unauffälliges Gesicht«, zitierte er. »Im Prinzip völlig unbrauchbar. Ich kann in einer halben Stunde in der näheren Umgebung drei Millionen Ruppeter zusammentrommeln, auf die diese Beschreibung zutrifft.«
Fohrtuhn bemerkte, daß er sich auf dünnem Eis bewegte. »Natürlich«, sagte er beflissen. »Eine absolut dürftige Beschreibung. Und Sie haben ein ausgezeichnetes Alibi. Schließlich waren wir ja zur Tatzeit zusammen. Das können außerdem fünfzig Kollegen bezeugen.« Er lachte hohl. »Und außerdem«, fügte er hinzu, »hat Pichard selbst den Angreifer überhaupt nicht erkannt, und seine Frau hat eingestanden, ihn kaum gesehen zu haben, höchstens eine Sekunde lang. Alles ging viel zu schnell.«
»Trotzdem«, sagte Rodrik. »An der Sache könnte etwas dran sein. Die Beschreibungen sind zwar ungenau, stimmen aber einigermaßen überein. Was schließen Sie daraus?«
Sein Stellvertreter sah ihn fragend an. Nerval war plötzlich davon überzeugt, daß er seine Hypothesen für sich behalten würde, falls er überhaupt welche entwickelt hatte.
»Wir wissen noch nicht, was in diesem Labor« – Rodrik zeigte mit dem Daumen über die Schulter – »geschehen ist, wollen es der Einfachheit halber aber ruhig als Tatort bezeichnen. In der Nähe dieses Tatorts also versucht eine Person zweimal, sich in den Besitz eines Fahrzeugs zu bringen. Warum?«
»Weil sie vom Tatort fliehen will?«
»Entweder das oder weil sie dringend an einen bestimmten Ort gelangen muß, aber aufgrund der Vorfälle hier und wegen der überstürzten Flucht keine andere Möglichkeit dazu hat, als ein Fahrzeug zu stehlen. Wobei das eine das andere nicht ausschließt.«

»Und wohin will diese Person gelangen?«
Rodrik zuckte mit den Achseln.
Fohrtuhns Augen wurden größer. »Sie meinen doch nicht ... etwa dieser Anschlag auf Rhodan, auf den Sie Hinweise erhalten haben? Vermuten Sie etwa, daß es sich bei dieser Person um den Attentäter handelt?«
Hinweise, die er frei erfunden hatte. Aber wenn er alles in Betracht zog – vor allem die Beteiligung einer der galaktischen Mächte, die aufeinander nicht gut zu sprechen waren und wohl auch kaum vor einem Attentat auf fremdem Boden auf einen herausragenden Würdenträger eines der anderen Reiche verzichten würden ...
»Fordern Sie einen Gleiter an!« befahl Rodrik seinem Stellvertreter. »Eine Staatskarosse, die etwas hergibt. Auf keinen Fall ein Modell, das wir aus dem Solaren Imperium importiert haben. Eins, das aus irgendeinem der anderen galaktischen Reiche stammt. Aus welchem, ist mir egal.«
»Was haben Sie vor?« erkundigte sich Fohrtuhn. »Wenn ich mir die Frage erlauben darf«, fügte er schnell hinzu.
Nerval Rodrik sah seinen Untergebenen an. »Wie ich schon sagte, ich bin bereit, die Pille mit dem Kondom auszutreiben. Und der geeignete Augenblick dafür ist jetzt gekommen.«

»Wir haben Probleme«, sagte Bridget Märchtehn zu dem Mann auf dem Bildschirm. Sie konnte einigermaßen frei sprechen; die Verbindung war kodiert, zerhackt, gerafft und verschlüsselt und damit absolut sicher. Jedenfalls für ihren Zweck; knacken konnte man natürlich jedes kodierte Funkgespräch, aber eben nicht in dem Zeitraum, auf den es ankam. Dennoch war diese Möglichkeit Grund genug, bei der Wahl ihrer Worte zurückhaltend zu bleiben. Schließlich wollten sie vermeiden, daß die Gegenseite ihnen irgendwann handfeste Beweise auf den Tisch knallte, die ihre Verwicklung in diese Angelegenheit belegten. »Sicherheitsminister Nerval Rodrik steht vor der Tür und erbittet meine Mitarbeit, da er ein Attentat auf Rhodan befürchtet. Und da meinte Ka-Eins, ich sollte lieber mal nachfragen, was unser Mann in Terrania von dieser Entwicklung hält.«

Jeremay Voss konnte seine Überraschung nicht verbergen und zog die Augenbrauen unter dem blonden Haarschopf hoch. Seine Antwort klang dennoch völlig gelassen. »Verdammtes Kondom! So sagt man doch bei Ihnen, nicht wahr?«

»Verdammte Pille!« berichtigte sie ihn. »Und das mit der Tür ist nicht wörtlich zu nehmen«, fügte sie hinzu.

Sie wußte, Jeremay konnte so logisch – und schnell, behaupteten manche Eingeweihte – wie die modernste Positronik denken, legte aber Wert auf präzise Informationen. Sie begriff einfach nicht, wieso er sich für eine Tätigkeit in der Solaren Abwehr entschieden hatte; bei seiner Affinität für Positroniken und andere Computer hätte er sich in der freien Wirtschaft eine goldene Nase verdienen können. Übrigens behauptete Voss, für dieses sein Talent nichts zu können, und brachte auf Aufforderung sogar Beweise bei. Er hatte eine Ahnentafel zusammengestellt, die bis in die Mitte des zwanzigsten Jahrhunderts zurückreichte, und jeder, aber auch wirklich jeder seiner Vorfahren in direkter Linie hatte beruflich mit solchen Geräten zu tun gehabt. Seine Gabe sei ihm also in die Wiege gelegt worden, versicherte er glaubhaft.

»Das habe ich auch nicht angenommen«, behauptete Voss. »Ich vermute, ihr habt ihn hereingelassen und ihm einen Kaffee angeboten.«

»Genau«, sagte Bridget. »Er kam übrigens mit einem Prachtstück von Gleiter angerauscht. Leuchtend grün, ein offizielles Renommier- und Vorzeigemodell, das beste, was die Regierung von Ruppet zu bieten hat. Ein gerissener Kerl, dieser Sicherheitsminister. Er hat sich für einen Typ aus der Zentral-Galaktischen Union entschieden, um direkt klarzustellen, daß er keineswegs als Bittsteller, sondern als gleichberechtigter Kollege hier ist.«

Jeremay Voss nickte, um ihr zu bedeuten, daß er verstanden hatte. »Und er wendet sich an Sie in Ihrer Eigenschaft als Sicherheitsbeauftragte des Solaren Imperiums für den Staatsbesuch des Großadministrators?«

»Sie haben es erfaßt. Sie wissen ja, ich kenne Rodrik. Ich weiß zwar nicht, ob er mich wiedererkennt, aber vielleicht könnten Sie ja ein Programm schreiben, das ...« Sie ließ den Rest des Satzes unausgesprochen, als er erneut nickte, diesmal energischer, als wolle er sagen: *Ja, schon gut, ich weiß, was Sie meinen und worum es geht, ich bin ja nicht blöd oder Alkoholiker.*

Es erstaunte sie immer wieder, wie verzögerungsfrei solche Relaisbrücken wie diese arbeiteten, die sie nun mit Terrania City in der Wüste Gobi auf der Erde verband, dem Nervenzentrum des Solaren Imperiums – und der Solaren Abwehr. Fünfzehntausend Lichtjahre waren zwar nicht das Universum, aber eben auch keine Strecke, über die man Informationen austauschen konnte, indem man einfach laut genug brüllte.

»Ich nehme nicht an, daß Sicherheitsminister Nerval Rodrik Sie wiedererkennt, wenn Sie nun mit ihm sprechen«, sagte Voss.

»Da sind Sie sich einigermaßen sicher?«

Schon sein Blick war der personifizierte Tadel. Auf seine Worte hätte er ruhig verzichten können. »Da bin ich mir völlig sicher.«

Ein Sakrileg, dachte Bridget. *Mir ist ein Sakrileg unterlau-*

fen. Ich habe die Worte des begnadeten Voss angezweifelt. Ihr wurde tatsächlich mulmig zumute.

»Vertrauen ist gut, Kontrolle ist besser«, murmelte sie.

»Wie bitte?«

»Ach, nichts. Ich habe nur einen bedeutenden Philosophen des neunzehnten Jahrhunderts zitiert. Und was ist mit seiner Bitte um Hilfe?«

Jeremay Voss mußte nur kurz überlegen. »Wenn er befürchtet, das Leben des Großadministrators sei in Gefahr, sollten Sie ihm bis zu Rhodans Ankunft selbstredend die Hilfe gewähren, die Sie für richtig halten.« Das Computergenie runzelte die Stirn. »Es ist übrigens möglich, daß der Großadministrator etwas später als geplant eintrifft. Er kreuzt mit der WURIU SENGU bereits durch 47 Tucani und nutzt die Zeit zu einigen kartographischen Vermessungen. Sie wissen ja, der Kugelsternhaufen wurde praktisch niemals erkundet.«

Damit war alles gesagt. Bridget wußte, was sie wissen mußte, und konnte das Gespräch beenden. Auf Jeremay Voss war Verlaß.

»Da sind Sie ja«, sagte Nerval Rodrik, als Bridget den kleinen Salon betrat. Man hatte ihm ein aromatisches Heißgetränk kredenzt, dessen Geruch den Raum ausfüllte und Assoziationen an Entspannung und Behaglichkeit hervorrief. »Man hat Ihnen ausgerichtet, daß es dringend ist?«

Es war ein überaus seltsames Gefühl, ihm die Hand zu reichen. Aber Bridget hatte nicht die geringsten Gewissensbisse; Sicherheitsminister Rodrik war absoluter Profi und wußte genau von den möglichen Gefahren seines Berufs. Und er war ein eiskalter Machtmensch; seine Loyalität galt seinem Beruf und seinem Posten. Um die Gefühle anderer Personen gab er rein gar nichts; dafür verstand er sich um so besser darauf, die, die sie ihm entgegenbrachten, für sich zu nutzen. Sie sah in ihm weniger eine Person als einen bloßen Gegner bei ihrem Spiel, bei dem es darum ging, die Figuren am Ende so auf dem Feld postiert zu haben, daß der Kontrahent sich in das Schachmatt ergeben mußte und ihm keine Möglichkeit zu einem weiteren Zug blieb.

Zweifellos sah er sie genauso.

»Ich mußte mich noch angemessen ausrüsten«, sagte sie. »Ein Attentat auf Perry Rhodan ist immer eine dringende Angelegenheit. Als Sicherheitsbeauftragte der Botschaft des Solaren Imperiums auf Ruppet gewähre ich Ihnen in diesem Zusammenhang selbstverständlich jegliche nur erdenkliche Unterstützung.«

Er musterte sie mit einem süffisanten Grinsen, das sie mit ihrem lange antrainierten strahlenden Lächeln erwiderte. Natürlich wußte er genausogut wie sie, daß sie nicht als »Sicherheitsbeauftragte der Botschaft«, sondern in gehobener Position für die Solare Abwehr tätig war. Aber dieses Taktieren gehörte zum Spiel, und Rodrik beherrschte es nicht schlechter als sie. Stünden dem Sicherheitsminister andere Mittel zur Verfügung, wäre er ein ernstzunehmender Gegner. Aber auch so hatte er sie in eine überaus brisante Position gebracht.

Vielleicht haben wir zu gute Arbeit geleistet, dachte sie.

»Jegliche Unterstützung?« fragte er. Sie wußte, worauf er anspielte. Dieses Thema hatten sie bereits angesprochen, und für sie war es erledigt.

Der Status quo konnte nicht aufgegeben werden: Ruppet forderte Unterstützung von den technisch höherentwickelten galaktischen Mächten, doch ein jedes dieser Reiche war erst bereit, sie zu gewähren, sobald der Planet sich ihm offiziell angeschlossen hatte. Bis dahin erfolgten ein gewisser Kulturaustausch auf unterstem Level und ein beschränkter

Austausch von Technologie gegen Rohstoffe. Im Prinzip konnte Ruppet aber an den Folgen der katastrophalen Übervölkerung untergehen, die galaktischen Reiche würden nicht nachgeben. Und sie konnten auch nicht insgeheim helfen, selbst wenn sie es gewollt hätten: Imperium Dabrifa, Zentral-Galaktische Union, Carsualscher Bund und Solares Imperium belauerten sich aufmerksam und würden energisch durchgreifen, sollte einer der Konkurrenten im Kampf um den Einfluß in diesem Kugelsternhaufen gegen dieses ungeschriebene Gesetz verstoßen. Also beschränkte man sich auf die sorgsam geplante Umsetzung nachrichtendienstlicher Aktivitäten.
»Wenn es so dringend ist, sollten wir uns vielleicht auf den Weg machen«, wich sie der Frage aus und führte Rodrik auf den Gang. Sie nahmen einen Fahrstuhl, der sie direkt zum Dach brachte, auf dem der Gleiter gelandet war. Damit war auch gewährleistet, daß Rodrik nichts zu sehen bekam, was er nicht sehen durfte.
»Wird Rhodan uns Unterstützung anbieten?« nahm Rodrik den Faden beharrlich wieder auf.
Sie sah ihn fragend an.
»Gerüchten zufolge«, erklärte Nerval Rodrik, »will er Ruppet zur Sechshundertjahrfeier ein sogenanntes Hyperinmestron zum Geschenk machen, das die Strahlungskomponente von Marneb korrigiert, die für den *bodenständigen Impuls* verantwortlich ist. Diese Parolen haben einen Großteil zu den Unruhen beigetragen, die derzeit unsere Welt in Unordnung und Aufruhr stürzen.«
Das konnte sie sich gut vorstellen. Schließlich hatten Mittelsmänner dieses Gerücht auf ihr Geheiß in die Welt gesetzt, als Vorbereitung für die Ablenkungen, die sie für die derzeit laufende Aktion vorbereitet hatte. Aber das konnte sie schlecht eingestehen.

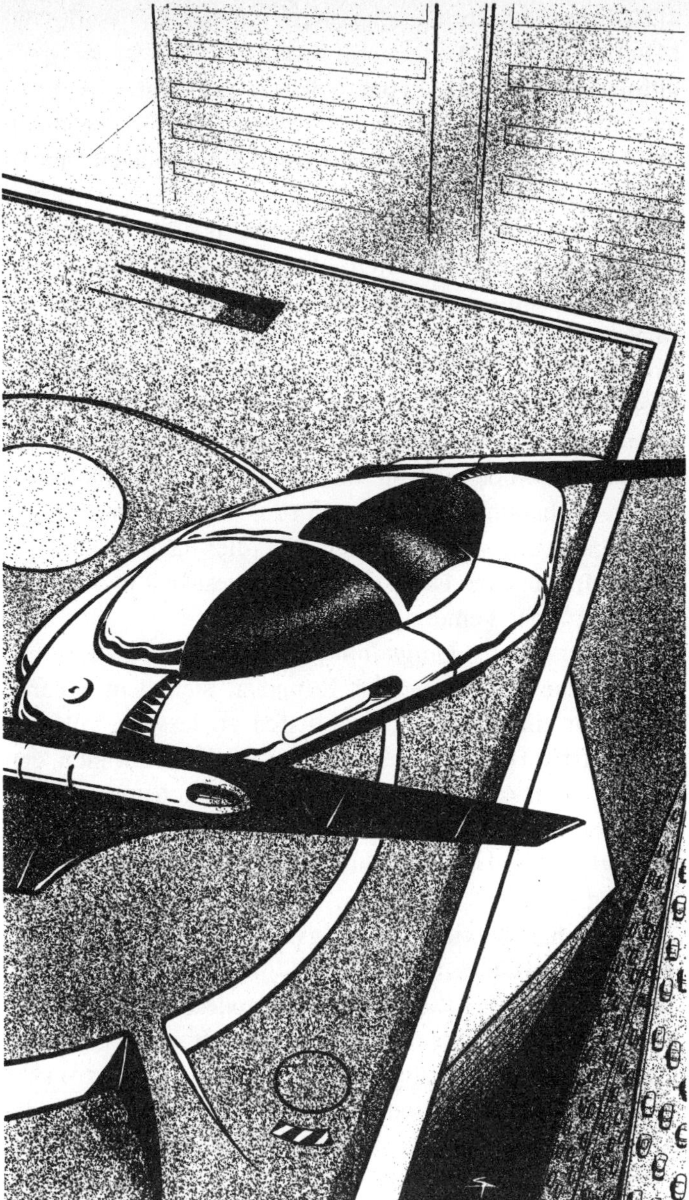

»Das Hyperinmestron«, antwortete sie, »ist eine Waffe, die Materie abrupt in Antimaterie verwandelt und wegen ihres ultimaten Charakters vom Solaren Imperium lediglich zweimal eingesetzt wurde.« Sie hatten das Dach erreicht und begaben sich zum Gleiter. »Wenn Sie jedoch einen dritten Einsatz wünschen ...«

»Sie wissen, was ich meine«, sagte Rodrik äußerlich gleichmütig, während sie den Gleiter betraten. »Die Möglichkeit, den *bodenständigen Impuls* aufzuheben, würde Ruppet ins Chaos stürzen.«

Bridget nahm Platz und betrachtete ihr Gegenüber. Der Gleiter startete.

»Ruppet wird nicht mehr lange überlebensfähig sein«, sagte sie hart. Sie wußte, daß sie mit ihren Worten keinen dauerhaften Schaden anrichten würde, und konnte daher verhältnismäßig offen sprechen. Überdies hatte Sheuren ihr bedeutet, daß seine Leute den Gleiter gescannt und keinerlei Abhörgeräte bemerkt hatten.

»Nicht der *bodenständige Impuls* richtet die Welt zugrunde, sondern die Weigerung der Ruppeter, sich dem Solaren Imperium anzuschließen und helfen zu lassen«, fuhr sie fort. »Gemeinsam würden wir eine Möglichkeit finden, den Impuls auszuschalten. Dann könnten die Ruppeter sich auch auf anderen Welten niederlassen und im Rahmen der freizügigen Gesetze des Solaren Imperiums ihre Religion ausüben.«

»Bislang haben wir es noch ganz gut allein geschafft«, widersprach Rodrik.

»Die Disziplin der Ruppeter ist bewundernswert«, gestand Bridget ein. »Sie haben ihre Gesellschaft optimal organisiert. Ein Leben rund um die Uhr, in drei Schichten, kein Leerlauf in der Produktion oder Versorgung, die Ausnutzung aller Ressourcen zum Wohl des Gesamten ...

dazu ein hervorragend angepaßtes soziales Netz, das die Versorgung der Kinder garantiert und den Eltern ermöglicht, weiterhin berufstätig zu sein ... das ist schon eine Leistung. Möglich wurde sie in erster Linie durch den Wunsch der meisten Ruppeter, möglichst viel Nachwuchs in die Welt zu setzen. Dafür werden die eigenen Ansprüche rigoros zurückgeschraubt. Doch Ruppet wird den endgültigen Zusammenbruch nur hinauszögern, aber nicht verhindern können.«

»Wir haben alle Maßnahmen ergriffen, die in unserer Macht stehen. Die Reorganisation alter Strukturen ist angelaufen. Wir werden höhere Gebäude errichten, in denen die Menschen nicht nur wohnen, sondern auch arbeiten können. Das erhöht die Effizienz zusätzlich. Lange Arbeitswege fallen weg, die jetzt vom Verkehr vereinnahmten Flächen können neuen Zwecken zugeführt werden ...«

»Und wenn Sie das Zentralgebirge abtragen und damit neuen Lebensraum im Meer schaffen«, wandte Bridget ein, »und immer modernere Technologien entwickeln, die die Umwelt schützen und ihre Belastung reduzieren – das System ist zum Untergang verurteilt. Eine Welt kann nur eine bestimmte Anzahl von Bewohnern ernähren. Diese Zahl ist auf Ruppet längst überschritten worden. Ihre Achtung vor dem menschlichen Leben ist überaus bewundernswert, Ihr Wunsch, das ganze Universum damit zu bevölkern, überaus töricht und auf lange Sicht selbstmörderisch. Die Selbstzerstörung des geschlossenen Systems Ruppet ist unausweichlich. Es gibt nur eine Lösung: Sie müssen das System nach außen öffnen und seine Belastung rigoros reduzieren.«

»Im Klartext heißt das, Anschluß an ein galaktisches Reich ...«

»Selbstverständlich an das Solare Imperium«, unterbrach ihn Bridget.

»... und Geburtenkontrolle«, vollendete Rodrik den Satz. »Nur so wird Ruppet eine Zukunft haben.«
»Wir können nichts dafür, daß wir eine neue Welt besiedelt haben, in Vergessenheit gerieten und in die teilweise Primitivität zurückfielen. Wir sind stolz auf das, was wir in den letzten Jahrhunderten aus eigener Kraft geleistet haben.«
»Sie können auch stolz darauf sein«, gestand sie ein. »Aber Ihre Vorfahren haben das Solare Imperium aus freien Stücken verlassen.«
»Auf welchem Entwicklungsstand befindet sich Ruppet zur Zeit?« wechselte er abrupt das Thema. »Auf dem der Erde des Jahres ... zweitausend?«
Sie schüttelte den Kopf. »Da hatte Perry Rhodan schon längst das arkonidische Raumschiff auf dem Mond entdeckt und die Dritte Macht gegründet. Nein, vielleicht auf der des Jahres neunzehnhunderteinundsiebzig, unmittelbar vor seiner Mondlandung. Aber das läßt sich so genau nicht sagen. Sie sind schon etwas weiter. Vielleicht wäre die Erde des Jahres zweitausend genausoweit entwickelt gewesen, wie Ruppet es jetzt ist, wäre es nicht zu der Begegnung auf dem Mond gekommen.«
»Aber mit der Ihnen zur Verfügung stehenden Technologie könnten Sie das System Ruppet stützen«, sagte Rodrik. Ihr wurde klar, worauf er hinauswollte. Sein Themenwechsel war doch nicht so drastisch gewesen. »Ach, was sage ich da!« Zum erstenmal während ihres Gesprächs konnte sie eine Emotion bei ihm erkennen, heftigen Zorn. »Sie könnten es auf ewig aufrechterhalten.«
»Das könnten wir nicht«, widersprach sie. »Selbst wenn wir eines Tages imstande sein sollten, ohne schädliche Auswirkungen unendlich viel Energie aus dem Hyperraum abzuzapfen, ändert sich nichts an der Tatsache, daß eine

menschliche Gesellschaft, die einzig und allein auf Vermehrung ausgerichtet ist, früher oder später zusammenbrechen wird. Nein, es gibt keine andere Möglichkeit. Sie müssen sich dem Solaren Imperium anschließen.«
»Sollen wir alles aufgeben, woran wir glauben?« fragte Rodrik verbittert.
Bridget war erleichtert, daß der Gleiter landete und sie damit einer Antwort enthob. Sie schaute sich um und gab vor, sich brennend für die ihr vermeintlich unbekannte Umgebung zu interessieren.
Rodrik erhob sich. »Bitte warten Sie einen Augenblick«, sagte er. »Ich will mich nur vergewissern, daß Ihre Sicherheit nicht gefährdet ist, und lasse Sie dann holen.«
Sie nickte stumm. Ihr war völlig klar, daß er schon längst alle nötigen Sicherheitsvorkehrungen getroffen hatte. Nein, er wollte sich von seinen Leuten nur kurz auf den neuesten Stand bringen lassen. Sie wäre im Prinzip genauso vorgegangen, vielleicht nur etwas geschickter.
Bridget mußte ihre vor dem Verlassen des Botschaftsgebäudes getroffene Einschätzung revidieren. Natürlich war Nerval Rodrik letztlich nur ein Gegenspieler, aber hätten sie sich unter anderen Umständen kennengelernt ... Der Mann hatte Charisma und Charakter und übte auch eine gewisse Anziehungskraft aus. Wäre sie Ruppeterin, hätte sie auf dem Flug hierher wahrscheinlich versucht, ihn zu bewegen, auf den Sitzen des Gleiters eine Handvoll Sprößlinge zu zeugen.
Nur gut, daß Sheuren lediglich Experte für das Orten von Gegenständen, aber nicht von Gedanken war ...
Sie rief sich zur Ordnung. Eine Agentin, die Gefühle in ihren Beruf einfließen ließ, war nicht nur schlecht ausgebildet und unglaublich dumm, sondern auch so gut wie tot. Gefühle waren nicht berechenbar; sie konnten die am sorg-

fältigsten ausgeklügelten Aktionen wie ein Kartenhaus in sich zusammenbrechen lassen. Der menschliche Faktor war die große Unbekannte in ihrer Branche, und diese Tatsache nutzten gute Agenten für sich aus.

Bridget hielt sich für eine gute Agentin. Und sie war überzeugt, daß der Sicherheitsminister in dieser Hinsicht genauso dachte wie sie. An den Menschen in seiner beruflichen Umgebung interessierte auch ihn nur, wie leicht manipulierbar sie waren.

Nein, sie hatte sich keine Vorwürfe zu machen. Zudem wurde dieser Begriff in ihrem Beruf immer nur auf das ureigene Vorgehen bezogen: Man mußte sich Vorwürfe machen, wenn man eine Aktion schlecht geplant hatte. Wer moralische Bedenken wegen seiner Handlungen hatte oder sogar Zweifel verspürte, war mittelfristig gesehen genauso dem Tod geweiht wie jemand, der Gefühle investierte oder sich gar verliebte.

Unwillkürlich mußte sie an ihre erste Begegnung mit Nerval Rodrik kurz nach ihrer Versetzung auf diese Welt zurückdenken. Sie erinnerte sich noch genau daran. Nachdem sie die offizielle Begrüßung, die Vorstellung einiger Attachés und das festliche Diner hinter sich gebracht und dann Gelegenheit gehabt hatten, ein paar Worte unter vier Augen zu wechseln, hatte er sie aufmerksam gemustert und gesagt: »Nun erzählen Sie mir schon den Witz.«

»Wie bitte?« hatte sie geantwortet.

»Den Witz«, hatte er wiederholt. »Bei offiziellen Anlässen in den Botschaften des Carsualschen Bundes, der Zentral-Galaktischen Union und des Imperiums Dabrifa vergehen allerhöchstens zehn Minuten, bis irgendwer sich befleißigt fühlt, einen Witz zu erzählen, der auf köstlichste Weise erläutert, um welche Trottel es sich bei den Konkurrenten um unsere Kooperation doch handelt. Ich bin überzeugt

davon, daß auch bei Ihnen solche Witze kursieren.«
»Ich glaube nicht, daß dies der richtige Anlaß ist, um ...«
»Nein, ich will es hinter mich bringen«, hatte er sie unterbrochen. »Ich bestehe darauf. Sogar offiziell, wenn Sie unbedingt einen Antrag mit acht Durchschlägen stellen wollen.«
Sie hatte ihn kurz angesehen und sich dann daran erinnert, welche seltsamen Wege die Bürokratie auf einer dermaßen zurückgebliebenen Welt einschlug. »Na schön«, sagte sie. »Ein Ertruser ...«
»Das Hauptvolk des Carsualschen Bundes«, unterbrach er sie.
Bridget nickte. Ihr war etwas eingefallen. »Sie wissen, was ein Hund ist?« fragte sie.
Er nickte. »Wir haben bei unserer Auswanderung eine ganze Anzahl terranischer Tiere mitgenommen. Hunde, Kühe, Schweine, Katzen ...«
»Natürlich«, sagte sie. »Wie dumm von mir, daß ich nicht daran gedacht habe.« Immerhin war ihr genau bekannt, daß er die Pointe des Witzes verstehen würde. Das, worum es dabei ging, hatte sie soeben als Beilage zum Hauptgericht des offiziellen Empfangs der ruppetischen Regierung in gebratener Form verspeist.
»Also«, sagte sie, »ein Ertruser, ein Marsianer und ein Terraner schleichen sich ohne Tickets an Bord eines Kurzstrecken-Shuttles. Ausnahmsweise befindet sich jedoch Sicherheitspersonal an Bord, das die Tickets der Fahrgäste überprüft. Die Kontrolleure treiben die drei blinden Passagiere immer weiter vor sich her, bis sie sich schließlich im letzten Raum des Shuttles befinden, im Frachtraum.«
Sie wartete auf eine Reaktion Rodriks, doch der Sicherheitsminister verzog keine Miene.

»Auch dort sieht eine Sicherheitskraft nach, und die drei Fahrgelderschleicher können sich in letzter Sekunde in leeren Säcken verstecken, die dort herumliegen. Der Kontrolleur kann sich nicht erinnern, solche Säcke an Bord genommen zu haben, und tritt gegen den ersten, in dem sich der Terraner versteckt hat. Der Terraner schaltet schnell und macht Wau, wau, wau!«

»Ein Hund«, sagte Rodrik.

»Genau. Ein Hund, denkt der Sicherheitswächter und wendet sich beruhigt dem zweiten Sack zu, in dem der Marsianer sich versteckt hat. Er tritt dagegen, und der Marsianer macht Miau, miau!»

Sie sah Rodrik an, und der Sicherheitsminister nickte.

»Eine Katze, denkt der Kontrolleur und tritt gegen den dritten Sack, in dem der Ertruser sich versteckt hat. Und was sagt der Ertruser?«

Rodrik zuckte mit den Achseln.

»Kartoffel, Kartoffel«, sagte Bridget.

Kaum wahrnehmbar zuckten die Mundwinkel des Sicherheitsministers. »Köstlich«, war jedoch der einzige Kommentar, zu dem er sich hinreißen ließ. »Und welche Witze erzählen Sie über uns Ruppeter?«

Bridget Märchtehn schenkte ihm ein entwaffnendes Lächeln. »Es würde uns nicht im Traum einfallen, irgendwelche Witze über die Ruppeter zu verbreiten. Genausowenig«, fügte sie hinzu, »wie die Ruppeter Witze über Völker des Solaren Imperiums erzählen würden.«

»Natürlich nicht«, sagte er. »Sie wissen doch, wie viele Normoner man braucht, um eine Glühbirne einzuschrauben?«

Sie hatte die Augen verdreht. »Das weiß nun wirklich jedes Kind. Man braucht ...«

»Und wie viele Terraner benötigt man dafür?«

Unwillkürlich waren ihre Mundwinkel ins Zucken geraten. »Glühbirne?« hatte sie gesagt. »Was ist eine Glühbirne?«
Nerval Rodrik hatte schallend gelacht, und damit war das erste Eis gebrochen gewesen.
Allerdings konnte sie sich des Eindrucks nicht erwehren, daß es nach Beendigung dieses Einsatzes wieder dicker und stabiler denn je zwischen ihnen stehen würde.

6

Der Planet Ruppet wurde im Jahr 2392 von Terranern entdeckt und – ohne Kenntnis des Solaren Imperiums – besiedelt. Heute mag es unverständlich anmuten, daß Ruppet danach buchstäblich in Vergessenheit geriet, doch eine Kombination mehrerer Umstände führte in der Rückschau fast zwangsläufig zu dieser Entwicklung. Zum einen waren die Angehörigen des Konventikels Expandere universalis zwar nicht praktisch, aber doch theoretisch von ihrer Mutterwelt vertrieben worden oder mußten zumindest diesen Eindruck haben. Der offen ausgebrochene Konflikt zwischen den Mitgliedern der Religionsgemeinschaft und der Führungsspitze des Solaren Imperiums ließ den Ruppetern nach der Landung auf ihrer neuen Welt gar keine andere Wahl, als den Versuch zu wagen, ihr Dasein ohne Hilfe ihrer Mutterwelt, aber im Einklang mit ihrer religiösen Überzeugung zu fristen.

Zum anderen war es gerade einmal vierundsechzig Jahre her, daß Perry Rhodan das Vereinte Imperium und die Galaktische Allianz für aufgelöst erklärt und alle Beistandspakte zwischen dem Solaren Imperium und anderen Nationen gekündigt hatte. Daraufhin hatten etwa einhunderttausend von Akon ausgerüstete Schiffe der Blues, unterstützt von achthundert akonischen Einheiten, Arkon III zerstört. In der galaktischen Eastside kämpften nach wie vor die Völker der Blues um die Vorherrschaft, und das Solare Imperium war mit der Festigung seiner Macht und Sicherung der 1017 Sonnensysteme beschäftigt. Sieben Jahre später begann

mit der Entdeckung der Sonnensechseck-Transmitter eine Entwicklung, die zu dem verhängnisvollsten Krieg führte, den das Solare Imperium bis dahin erlebt hatte – dem gegen die Meister der Insel.
Zum dritten zählten der Kugelsternhaufen 47 Tucani und seine weitere Umgebung nicht gerade zum bevorzugten Einsatzgebiet der Explorer-Flotte.
Hätten die Ruppeter Kontakt mit dem Solaren Imperium aufgenommen, hätte die Mutterwelt ihnen sicher hilfreich beiseite gestanden. Doch dieser Versuch blieb aus.
Um so höher ist die Leistung der Ruppeter zu bewerten, nach dem unvermeidbaren Rücksturz auf ein primitiveres Niveau lediglich mit den ihnen zur Verfügung stehenden Mitteln und dem Erbe der ausschlachtbaren Technologie an Bord der RUPPET in so kurzer Zeit einen so beträchtlichen industriellen und technologischen Aufschwung eingeleitet zu haben, daß sie schon an der Schwelle der selbstentwickelten Raumfahrt standen, als sie vom Solaren Imperium mehr oder weniger zufällig wiederentdeckt wurden.
Mikail Tyssen Kais (Hrsg.), Encyclopaedia Universalia, Eintrag: Die galaktopolitische Situation im 24. Jahrhundert (Auszug), Nembar: Verlag HDS 3000f.

Kara Dastinova
Zu dir oder zu mir?

Er bezweifelte allmählich, daß er zum Attentäter taugte. Die Situation war schlichtweg widersinnig.
Ruhig und gelassen ging er weiter, ließ den Ort des Überfalls hinter sich. Aufgrund seiner teuren Kleidung fiel er im

Diplomatenviertel nicht weiter auf. Aber es war mehr als das; irgendwie bewegte er sich mit einer selbstverständlichen Abgeklärtheit, als gehöre er hierher oder hielte sich zumindest öfter hier auf.
Verfolgt wurde er jedenfalls nicht, davon hatte er sich bereits überzeugt. Sicher, man hätte das Gebiet großräumig abriegeln und Straßensperren errichten können; aber welchen Grund hatten die Sicherheitskräfte, wegen eines simplen versuchten Raubs so massiv vorzugehen?
Während er sich vom Tatort entfernte, zum belebteren SEKTOR 73 zurückkehrte, der ihm wesentlich mehr Möglichkeiten bot, unauffällig unterzutauchen, konnte er in Ruhe über seine Lage nachdenken. Falls das Pochen im Schädel ihn nicht daran hinderte.
Perry Rhodan töten ...
Er wußte genau, er konnte töten, hatte bereits Leben genommen, nicht nur einmal, sondern öfter. Ohne die leisesten Gewissensbisse, mit der Überzeugung, das Richtige getan, unvermeidbare Prozesse zu Ende geführt zu haben. Für ... Ja, für wen? Für Volk und Vaterwelt? Für den Großen Ruppet? Für seinen Auftraggeber, um wen auch immer es sich dabei handelte?
Anscheinend kam es darauf an, wen er töten mußte. Unbeteiligte Frauen und Kinder fielen wohl nicht darunter. Als dieser Verhüter plötzlich das Kind hochgerissen und schützend vor sich gehalten hatte, hatte er nur noch Abscheu für diesen Feigling empfunden – und Entsetzen bei der Vorstellung, ein Kind zu töten.
Und seine Auftraggeber ... wer waren sie? Warum hatten sie ihm seine Erinnerungen genommen, zumindest teilweise? Damit er seinen Auftrag besser erledigen konnte? Damit er sie nicht verraten konnte, falls er ergriffen werden sollte? Aber ... wie war so etwas überhaupt möglich? Wer war dazu

imstande? Und ... gab es diese hypothetischen Auftraggeber überhaupt?
Oder arbeitete er immer so? Entfernte er selbst einen Teil seines Gedächtnisses, bevor er einen Job ausführte, um sich nicht unnötig zu belasten? Um Beruf und Privatleben zu trennen? Verschwand so, wie jetzt die Erinnerung an seine Identität nicht mehr vorhanden war, das Wissen um seine Taten, wenn nach Erledigung eines Auftrags sein Erinnerungsvermögen zurückkehrte und er wieder sein alltägliches Leben aufnahm?
Fragen über Fragen. Und keine Antworten.
Nur pochende Schmerzen in seinem Gehirn, die ihn vorantrieben.
Jedenfalls war er nicht so skrupellos, wie er dachte. Er schreckte davor zurück, Frauen und Kinder zu töten.
Und auch nicht so fähig, wie er es angenommen hatte. Der zweite Versuch, sich in den Besitz eines Transportmittels zu bringen, war soeben gescheitert. Sicher, es gab stets Unwägbarkeiten, aber als er nach der ... Bewußtwerdung in der Singlebar über seine Fähigkeiten nachgedacht hatte, war er über sie erstaunt und gleichzeitig überzeugt gewesen, die nötigen Qualifikationen für seinen Auftrag mitzubringen.
Nach den beiden Debakeln mit den Fahrzeugen war dem nicht mehr so. Die Situation wurde immer verwirrender.
Der pochende Schmerz hinter seinen Augen immer stärker.
Perry Rhodan töten ... bei der Ankunft auf dem Raumhafen ... die offizielle Begrüßung ...
Er ignorierte die Dringlichkeit, die der Schmerz ihm einflüstern sollte, und versuchte, die Situation mit der Gelassenheit zu analysieren, die er normalerweise an den Tag legte.
Ging er usuell ruhig und analytisch vor? Er war überzeugt

davon. Aber woher wußte er das? Fragen über Fragen. Keine Lösungen.
Doch, eine. Er hatte sich selbst soeben sozusagen mit der Nase darauf gestoßen.
Als er ein schwaches Brummen hoch über sich hörte, schaute er auf. Ein grüner Gleiter flog über das Diplomatenviertel hinweg, näherte sich zielstrebig einem Hochhaus, in dem eine Botschaft untergebracht war – die des Solaren Imperiums –, und setzte dann mit einer unwirklichen Leichtigkeit, die allen Gesetzen der Schwerkraft zu trotzen schien, auf dem Dach des Gebäudes auf.
Einen kurzen Moment lang – nicht einmal eine Sekunde – spielte er mit dem Gedanken, solch ein Vehikel zu stehlen. Damit wären seine dringlichsten Probleme gelöst.
Aber er rief sich sofort wieder zur Ordnung. Dieses Unterfangen war schlichtweg utopisch.
Die Lösung, mahnte er sich. *Oder zumindest eine aussichtsreiche Alternative.*
Seine beiden Versuche, sich mit Gewaltanwendung in den Besitz eines Fahrzeug zu bringen, waren kläglich gescheitert. Aber was, wenn er jemanden dazu brachte, ihm ein Fahrzeug zur Verfügung zu stellen?
Er kannte eine Person, die eindeutig Interesse an ihm gezeigt hatte. Dieses Gefühl mußte er ausnutzen.
Er schaute hinauf. Der Himmel färbte sich allmählich mit einer kräftigen Tönung dunkelrot. Rot war die Farbe des Blutes, des Lebens, der Leidenschaft, der Kraft. Natürlich nahm der Himmel auf dieser Welt jeden Abend diese Färbung an, einen unbewölkten Himmel vorausgesetzt, aber ihm kam diese Schattierung aus irgendeinem Grund wie ein Symbol vor.
Neuer Mut schien ihn zu durchfluten. Er beschleunigte seine Schritte, und er war überzeugt, daß sie von einem

Augenblick zum anderen energischer wirkten.
Der grüne Gleiter kehrte hoch über ihm auf dem Weg, den er gerade erst genommen hatte, wieder zurück, als er das Diplomatenviertel verließ und ins ewige Gewimmel von SEKTOR 73 eintauchte.

Der Himmel war bereits rot getüncht – eine Folge atmosphärischer Eigenarten des Planeten und der Vielzahl von Roten Riesen, die im nahe gelegenen Kugelsternhaufen 47 Tucani dicht an dicht standen –, als ein Wachtposten Bridget Märchtehn höflich bat, ihn zu begleiten, und sie zu dem großräumig abgeriegelten Gebäude führte. Sicherheitsminister Nerval Rodrik erwartete sie an der Tür. Außer ihm hielten sich sein Stellvertreter Fohrtuhn und eine Handvoll Techniker, die noch immer mit Untersuchungen beschäftigt waren, in dem Raum auf.
Der Minister nickte Fohrtuhn zu, und dieser aktivierte ein Aufzeichnungsgerät, einen ungeschlachten Kasten, der auf einem Tisch stand und sowohl Bild als auch Ton aufnahm. Sie schüttelte den Kopf. »Ich bin nur inoffiziell hier«, wandte sie ein. »Ich möchte nicht, daß unser Gespräch aufgezeichnet wird.«
»Natürlich«, entgegnete Rodrik. »Das verstehe ich. Schalten Sie den Kasten wieder aus, Fohrtuhn.«
Der übermäßig muskulöse Mann tat wie geheißen.
Bridget bedankte sich mit einem freundlichen Lächeln. Sie war überzeugt davon, daß sowohl der Vorder- als auch der Hinterraum mittlerweile mit verborgenen Kameras und Mikrofonen gespickt waren, die jeden Piepser und jede Bewegung erfaßten.
Rodrik setzte sie kurz und knapp darüber in Kenntnis, was an diesem Ort geschehen war. Bridget blieb natürlich nicht verborgen, daß er einiges ausließ.

»Meine Leute haben in der kurzen Zeit, die ihnen zur Verfügung stand, verhältnismäßig viel in Erfahrung bringen können«, fuhr Rodrik fort.
Bridget vermutete, daß sie hektisch in Lehrbüchern oder Computerprogrammen geblättert hatten, die von Angehörigen irgendwelcher Botschaften auf Ruppet trotz des allgemein anerkannten Technologieexportverbots eingeschmuggelt worden waren. Für solche Informationen zahlte die ruppetische Regierung gut, obwohl sie sich eigentlich der Aussichtslosigkeit des Unterfangens bewußt sein mußte: Was nutzte es, über den Bauplan eines Ultraschlachtschiffs mit Linearantrieb zu verfügen, wenn man mit den zur Verfügung stehenden technischen Mitteln nicht mal ein hoffnungslos veraltetes Transitionstriebwerk konstruieren konnte?
Sie tat interessiert, als sie sich im Hauptraum umschaute.
»Dieser Helm zum Beispiel«, sagte Rodrik und trat zu dem zerstörten Gerät, auf das er zeigte, »könnte dazu benutzt worden sein, an jemandem eine Hypnoschulung vorzunehmen.«
Bridget nickte. »Eine uralte arkonidische Technik, mit der man Wissen praktisch im Schlaf vermitteln kann. Ganz so einfach ist es natürlich nicht. Hypnoschulungen brauchen ihre Zeit, und man darf den Schüler nicht überfordern.« Sie war froh, daß die Ruppeter allen gesicherten Kenntnissen zufolge niemals Telepathen oder andere Mutanten hervorgebracht hatten. Ein einziger Gedankenleser, der in ihrem Gehirn herumstöberte, und der Sicherheitsminister hätte sie in Ketten gelegt. Fesselfelder und Traktorstrahler hatten sie ja noch nicht entwickelt; ihre technische Höchstleistung bestand in Projektoren zum Aufbau von Energie- beziehungsweise Prallfeldern, die aber nach höchstens zehn Minuten regelmäßig wieder in sich zusammenbrachen.

»Ist es nicht möglich, die Effektivität dieser Hypnoschulungen zu steigern oder die benötigte Zeitspanne zu verringern? Unsere Labortechniker sind sich ziemlich sicher, daß in diesem Raum mehr Computer untergebracht waren, als man für eine einfache Schulung benötigt.«

»Möglich schon«, bekannte sie, »aber das wäre ein recht sinnloses Unterfangen. Hypnoschulungen brauchen Zeit, um richtig ... nun ja, einzusickern, und wenn man sie verkürzt vornimmt, würde das vermittelte Wissen nach und nach wieder verschwinden.«

»Wann?« fragte Rodrik.

Nach höchstens sechsunddreißig Stunden, dachte sie. Sie zuckte mit den Achseln. »Wissen Sie, aus welcher Herstellung dieses Gerät stammt? Aus ruppetischer ja wohl kaum.«

»Und aus terranischer wohl auch nicht.«

»Auf keinen Fall«, sagte sie mit zuckersüßem Lächeln.

»Kommt es Ihnen bekannt vor? Können Sie uns einen Hinweis darauf geben, welche galaktische Macht es hier eingeschmuggelt hat?«

Bridget schüttelte den Kopf. »Wäre es nicht so stark beschädigt worden, vielleicht. Aber so ... Wir müßten es in die Botschaft bringen und dort von Experten untersuchen lassen.«

»Das kann ich nicht zulassen«, widersprach Rodrik. »Es handelt sich um ein Beweisstück.«

»Das verstehe ich sehr gut«, sagte sie. »Auch wir haben unsere Vorschriften.«

»Es liegt in Ihrem Interesse, daß Sie uns helfen. Schließlich geht es um Perry Rhodans Sicherheit.«

»Und die ist gefährdet, weil jemand einer Hypnoschulung unterzogen wurde? Eventuell unterzogen wurde, denn noch nicht einmal das steht mit Sicherheit fest.«

»Kommen Sie mit!« Rodrik führte sie in den Hinterraum. Dort hatten seine Techniker versucht, die zerstörte Einrichtung so weit wieder zusammenzusetzen, daß man sich mit viel Phantasie einen Überblick verschaffen konnte, wie es einmal hier ausgesehen haben mußte.
Splitter und Scherben bildeten drei große Becken – oder zumindest Andeutungen davon, denn jeder Tropfen Wasser, den man in sie goß, würde augenblicklich wieder hinausfließen. An einer Wand verdeutlichten fragmentarische Computergehäuse mit klaffenden Löchern und völlig zerstörtem Innenleben, daß man hier eine beträchtliche Rechnerkapazität hatte nutzen können; an der gegenüberliegenden waren Tische aufgestellt worden, auf denen sich nun Überreste von Geräten türmten, die Bridget unwillkürlich an einen Schauplatz eines Klassikers der menschlichen Literatur erinnerten, fast so alt wie Homers *Odyssee*, Shakespeares *Hamlet* oder Palmers *Flucht vor der Unsterblichkeit*: Mary W. Shelleys *Frankenstein*, genauer gesagt an das Labor in Ingolstadt, in dem der Wissenschaftler sein aus Leichenteilen zusammengesetztes Geschöpf wieder zum Leben erweckt hatte.
»Was sagen Ihnen diese Tanks?« fragte Rodrik.
Bridget trat zu ihnen. »Darf ich?« fragte sie.
Der Sicherheitsminister nickte.
Sie zog ihr Spiel durch und berührte ein großes Fragment. »Glassit«, sagte sie. »Ein glasähnlicher Kunststoff, der praktisch auf allen Welten der galaktischen Imperien Verwendung findet. Man kann unmöglich feststellen, woher er stammt.«
Rodrik widersprach nicht und drehte sich zu den Laborgeräten um, die aufgrund ihrer Beschädigungen kaum noch als solche erkennbar waren. »Was wir hier gefunden haben, kommt uns wesentlich aufschlußreicher vor«, sagte er.

»Und was haben Sie gefunden?«
»Organische Substanzen«, entgegnete der Sicherheitsminister. »Besser gesagt, winzige Spuren davon. *Manipulierte* Substanzen, soviel haben wir immerhin herausfinden können.«
»Was soll das heißen, manipulierte Substanzen?«
Der Sicherheitsminister betrachtete sie nachdenklich. »Ich will Ihnen erklären, was das heißen soll«, sagte er dann. »Wir vermuten, daß in diesem Raum gentechnisch gearbeitet wurde. Hier hat man einen Klon erzeugt. Ein künstlich hergestelltes organisches Wesen, das eine identische Kopie des Originals darstellt. Die dazu erforderlichen Techniken sind dem Solaren Imperium doch schon seit Jahrhunderten geläufig, nicht wahr?«
»Das ist doch Unsinn!« entgegnete Bridget. »Auch wenn die dazu nötigen Techniken bekannt sein sollten, hat das Solare Imperium aus ethischen Gründen alle Forschungen in diese Richtung schon längst eingestellt.«
»Ich habe nur gefragt, ob diese Techniken zur Verfügung stehen«, sagte Rodrik scharf, »und nicht behauptet, daß Sie solche Experimente oder was auch immer durchführen. Das würde das Solare Imperium natürlich niemals tun und auf keinen Fall auf fremdem Territorium.«
»Natürlich nicht«, bestätigte Bridget. *Ich habe den Sicherheitsminister unterschätzt*, wurde ihr klar. *Er hat zwar keine Beweise, aber ein verdammt gutes Gespür für Zusammenhänge.*
Nun ja, so gut war es nun auch wieder nicht, beruhigte sie sich. Dabei hatte sie sich völlig in der Gewalt; äußerlich war ihr nicht das geringste anzumerken.
»Aber es gibt noch andere Mächte auf Ruppet, die technisch genausoweit entwickelt sind«, fuhr Rodrik fort.
Sie zuckte mit den Achseln. »Es tut mir leid, Sie enttäu-

schen zu müssen«, sagte sie, »aber in diesem ... Hobbykeller könnte man niemals einen Klon erzeugen.«
»Aber man könnte ihn hier aufbewahren. Bis zu dem Zeitpunkt, da man ihn braucht.«
»Und warum sollte man das tun?«
»Zum Beispiel, um ihn unbemerkt einsetzen zu können. Ich bin sicher, der Nachrichtendienst der ...« Er zögerte kurz. »... Zentral-Galaktischen Union weiß genau Bescheid, was der des Imperiums Dabrifa zur Zeit anstellt. Gehen wir einmal von der völlig hypothetischen Voraussetzung aus, daß diese Nachrichtendienste hier auf Ruppet aktiv sind ... Was Sie sich natürlich auch nicht vorstellen können«, sagte er schnell, als sie die Stirn runzelte, und hob eine Hand, um sie gar nicht erst zu Wort kommen zu lassen. »Dann wäre es verhältnismäßig schwierig, einen Klon, der ein Attentat auf Perry Rhodan ausführen soll, unmittelbar vor dessen Staatsbesuch aus einer den anderen Diensten bekannten Einsatzzentrale zu schmuggeln. Aber wenn man unbemerkt einen kleinen Stützpunkt errichtet hat ...«
»Eine interessante Spekulation«, sagte sie. »Und weiter?«
Rodrik bedeutete ihr, ihm in den Vorraum zu folgen. Zwei Labortechniker traten respektvoll zur Seite. Er deutete wieder auf den Helm. »Und dann hat man diesem geklonten Attentäter mittels Hypnoschulung das nötige Wissen gegeben, das er zur Ausführung seines Auftrags braucht.«
»So einfach geht das nicht«, wandte Bridget ein. »Wie ich schon sagte, eine Hypnoschulung ist ein kompliziertes Unterfangen. Sie braucht Zeit und ...«
»Wir wissen nicht, wie lange die unbekannte Macht diesen Stützpunkt hier betrieben hat«, unterbrach er sie.
Bridget hatte den Eindruck, daß sein Blick immer mißtrauischer wurde. Seine anschließenden Worte bestätigten ihre Vermutung.

»Wollen Sie mir nicht helfen?« fragte er. »Ich lege Ihnen Indizien vor, die auf ein geplantes Attentat auf den Großadministrator des Solaren Imperiums schließen lassen, und Sie stellen sich stur und verweigern jede Kooperation?«
»Davon kann nicht die Rede sein«, widersprach sie. »Ich bin bereit, Ihnen zum Schutz Perry Rhodans jede Unterstützung zukommen zu lassen.«
»Das ist doch Unsinn«, sagte er, »und Sie wissen es auch. Ihr Verhalten läßt nur einen Schluß zu.«
Sie wich seinem Blick nicht aus, betrachtete ihn kühl. »Und der wäre?«
Im Nebenraum erklang Gepolter, dann ein dumpfer Schrei. Bridget erkannte das Geräusch sofort als höchst atypisch und damit potentiell gefährlich und wirbelte herum; die jahrelange Ausbildung und Erfahrung ließ ihr gar keine andere Wahl. Noch während der Bewegung nahm sie aus dem Augenwinkel eine Gestalt am Türrahmen zum Nebenraum wahr, die ihr zwar vertraut war, aber nicht hierhergehörte, jedenfalls jetzt nicht: über zwei Meter groß, unproportional hager, haarloser, schimmernder Eierkopf.
Rodrik reagierte fast genauso schnell wie sie und hechtete zur Seite. Aus gutem Grund, wie Bridget erkannte: Die Gestalt hielt einen Thermostrahler in der Hand und zielte auf den Sicherheitsminister.
Bridget schoß, noch während sie in die Hocke ging, einfach durch ihre Jacke hindurch. Der glutheiße Strahl versengte den speziell präparierten Stoff, entzündete ihn jedoch nicht. Er verfehlte sein Ziel weit, doch damit hatte sie rechnen müssen. Immerhin zwang ihr Schuß den Angreifer zum Ausweichen, und das hatte zur Folge, daß der Strahl aus dessen Waffe den im Augenblick völlig wehrlosen Rodrik ebenfalls verfehlte.

Ihr zweiter Schuß saß. Der hektische Rückwärtssprung des Angreifers verschaffte ihr die Sekundenbruchteile, die sie benötigte, um gezielt zu feuern. Der Thermostrahl fuhr dem Eindringling in die Brust und brannte ein Loch hindurch. Der Mann brach zusammen und war tot, noch bevor er den Boden berührte.
Die Terranerin rappelte sich auf und ging zu der auf dem Bauch liegenden Leiche. Rodrik trat neben sie.
Bridget kniete nieder und drehte den Kopf des Toten so, daß sie ihn sehen konnte, obwohl sie genau wußte, um wen es sich handelte.
Ein Problem weniger, dachte sie. *Aber zahlreiche Fragen mehr. Zum Beispiel ... wie ist der Angreifer hierhergekommen?*
Sie schaute ins Gesicht des soeben von ihr liquidierten Aras Urx-Moxiva.

Er fragte sich bang, ob er noch rechtzeitig gekommen war. Es war kurz nach zwanzig Uhr, als er die Singlebar betrat. Wie bei seinem ersten Besuch hier, der ihn seine gesamte Barschaft gekostet hatte, herrschte nur schwacher Betrieb. Schließlich war gerade Halbzeit zwischen den Schichten; der größte Trubel herrschte natürlich jeweils unmittelbar nach Schichtende, wenn ein Drittel der werktätigen Bevölkerung Feierabend hatte und Anschluß suchte.
Um so erleichterter war er, als er Kara am Bartresen erblickte, zumal sein Aufbruch bei ihrer ersten Begegnung eher eine Art Flucht gewesen war. Das Erstaunen darüber, nicht zu wissen, wer er war, hatte ihm einen Schock versetzt, einen Tiefschlag. Er hatte etwas gemurmelt, das man mit gutem Willen als »Ich muß weg – also bis acht Uhr!« interpretieren konnte, und die Bar überstürzt verlassen.
Kara hatte sich umgezogen, ihre Arbeitskleidung gegen

eine noch aufreizendere getauscht: ein noch knapperer Rock, falls das überhaupt möglich sein sollte, und eine dünne, durchscheinende Bluse, aber nicht in klassischem Schwarzweiß, sondern auffallend bunt gehalten, knallrot und transparentblau.

Mach dir keine Illusionen, mahnte er sich. *Das ist ihre Freizeitkleidung, mit der sie zur Arbeit gekommen ist. Sie hat das nicht für dich angezogen, ganz im Gegenteil. Sie hat schon heute morgen durchblicken lassen, daß ihr an einem Kontakt gelegen ist, und wenn du nicht gekommen wärst, hätte sie sich einen anderen gesucht. Vielleicht erinnert sie sich überhaupt nicht mehr an dich.*

Aber da täuschte er sich. Als sie ihn sah, lächelte sie sofort und winkte ihn zu sich. »Schön, daß Sie doch noch gekommen sind«, sagte sie.

»Fast hätte ich es auch nicht mehr geschafft«, sagte er leichthin. »Im letzten Augenblick gelang es mir, mich freizumachen. Ich hätte es sehr bedauert, wenn Sie schon fort gewesen wären.«

Sie zuckte mit den Achseln. »Etwas zu trinken?«

Ihm war bewußt, daß er keinen einzigen Rudiga bei sich hatte, doch sie trat hinter den Bartresen, und so vermutete er, daß er eingeladen war, und nickte.

»Was machen Sie so?« fragte sie, als sie ihm ein Glas reichte, dessen Inhalt sie aus einem Hahn einer ganzen Palette auf der Theke gezapft hatte.

»Ich bin für die Regierung tätig«, kam es ihm glatt über die Lippen.

Sie zog die Brauen hoch. »Klar, daß Sie sich da nicht leicht freimachen konnten«, sagte sie. »Bei dem bevorstehenden wichtigen Staatsbesuch ...«

Perry Rhodan töten ... bei der Ankunft auf dem Raumhafen ... die offizielle Begrüßung ...

Sie hob das Glas und stieß mit ihm an. Aus dem Augenwinkel sah er, daß ihre Ablösung, eine nicht minder hübsche Kollegin, die gerade an einem Tisch bediente, ihr anerkennend zunickte. Seine Einschätzung, Chancen zu haben, schien also doch richtig zu sein.

»Ich heiße Dastinova«, sagte sie. »Meinen Vornamen kennen Sie ja schon.«

Er hatte sich auf dem Fußweg hierher vorbereitet und nannte ihr einen frei erfundenen Namen, der unauffällig und wenig einprägsam klang. »Wla Sheuren.« Wla war der häufigste Name auf Ruppet. Es hatte in der Geschichte ihres Planeten Zeiten gegeben, da zwei Drittel der männlichen Bevölkerung von ihren Eltern nach dem Stifter genannt worden waren, bis die damalige Regierung schließlich das Edikt erlassen hatte, daß Jungen nur in Verbindung mit einem zweiten Vornamen auf Wla getauft werden durften. Der Nachname war ihm einfach zugeflogen; er hatte ihn irgendwo einmal aufgeschnappt.

»Sind Sie ein Konventionalist?« plauderte Kara gezielt drauflos.

Er wußte, was der Ausdruck zu bedeuten hatte, und schüttelte den Kopf.

»Aber ein EU sind Sie doch?« fragte sie.

Auch dieser Begriff sagte ihm sofort etwas – ein Anhänger des *Expandere universalis*, ein gläubiger Ruppeter, der sich der Aufgabe verschrieben hatte, das Universum mit menschlichem Leben zu füllen, bis es aus allen Nähten platzte oder in den Exkrementen seiner Bewohner ertrank.

»Nein.« Er schüttelte den Kopf.

Ein Fehler. Sie kniff die Augen zusammen und betrachtete ihn mißtrauisch.

Er hatte schon zuviel investiert, zuviel wertvolle Zeit, zuviel Energie. Zwar hielt er es für unproblematisch, den eingeschlagenen Weg noch einmal zu verfolgen, bei einer anderen Frau, von denen sich in der Bar ja bald genug aufhalten würden, aber warum sollte er das bereits Erreichte einfach wieder aufgeben? Ganz abgesehen davon, daß er über kein Geld verfügte und nicht hier verweilen konnte, ohne früher oder später unangenehm aufzufallen. Und wegen Zechprellerei verhaftet zu werden ... das wäre das Ende seines Vorhabens.

Perry Rhodan töten ...

Er setzte bewußt die Körpersprache ein, entspannte sich überdeutlich, lächelte. Sie hatte ihm bereits gesagt, daß er ihr gefiel; schließlich wollte sie ihn ja nicht gleich heiraten.

»Wissen Sie, woher die Bezeichnung *Expandere universalis* stammt?« brachte er das Gespräch wieder in Gang.

Sie griff bereitwillig nach dem Friedensangebot. »Nein. Aus dem Lateinischen, vermute ich. Aber ich weiß, was sie bedeutet. Sich im gesamten Universum ausdehnen. Expandieren. Das Universum mit Leben füllen. Menschlichem Leben.« Sie schlug die Augen nieder, blinzelte. Eine kokette Geste, zweifellos. »Und meine Lust«, fuhr sie fort, »mich dieser Aufgabe umgehend und ausführlich zu widmen, wird immer größer. Es ist nicht weit zu meinem Apartment.«

Plötzlich verspürte er aus irgendeinem Grund Skrupel. »*Expandere universalis*«, sagte er ausweichend, »entstammt nicht mal dem Küchenlatein. Man hat einen Begriff aus dem Interkosmo genommen, ihm ohne Rücksicht auf Verluste, auf die Deklination und die Wortzusammensetzung einen lateinisch klingenden Anschein verpaßt und ihn zum Schlagwort gemacht – allerdings zu einem, das nur unter Ruppets Anhängern Verbreitung fand.«

Ihm wurde klar, daß er schon wieder einen Fehler gemacht hatte. Dozentenhafte Besserwisserei und hinhaltende

Antworten waren ganz bestimmt nicht das, was Kara hören wollte.

»Aber auch mir würde es Spaß machen«, fügte er schnell hinzu, »zu Ruppets Ruhm und Ehre beizutragen.«

»Wie ich schon sagte«, warf sie beschwichtigt ein, »ich wohne hier ganz in der Nähe.«

Er mußte bluffen. »Ich auch«, sagte er.

»Dann haben wir ein Problem«, behauptete sie lachend.

Er sah sie fragend an.

»Na ... gehen wir zu dir oder zu mir?«

»Diese Frage«, entgegnete er erleichtert, »werden wir bestimmt klären können.«

»Hast du einen Standardvertrag dabei?«

Auch dieses Wort rief sofort die passenden Assoziationen hervor. Bis zur Wiederentdeckung durch das Solare Imperium waren Standardverträge völlig überflüssig gewesen. Die Ruppeter waren hingegangen und hatten sich vermehrt, auch wenn sie keinen Ehevertrag geschlossen hatten, Konventionalisten einmal ausgenommen. Bei Ehepaaren hatte es nicht die geringsten Probleme gegeben; bei nicht verheirateten Partnern hatte, wie Ruppet es bestimmt hatte, die Frau automatisch das Sorgerecht über die Kinder bekommen. Die Unterhaltspflicht fiel zu gleichen Teilen an die beiden Eltern; war ein Elternteil nicht unterhaltsfähig, hatte die Staatskasse eingegriffen. War die Mutter nicht bereit oder nicht imstande, die Kinder aufzuziehen, erhielt der Vater die Möglichkeit dazu; lehnte er ab, wurde die Nachkommenschaft von einem staatlichen Kinderhaus aufgenommen und großgezogen.

Alle waren sich einig gewesen; es war so gut wie nie zu folgenschweren Streitigkeiten gekommen. Doch seitdem die Rhodanisten und die anderen Imperialisten die Trennung von Kirche und Staat forderten und einen gewissen Einfluß geltend gemacht hatten, war es zu unliebsamen Störungen der jahrhundertealten Ordnung gekommen. Elternteile prozessierten um das Sorgerecht; Konvertiten verhüteten mit oder ohne Kenntnis des Partners, was ebenfalls zu häßlichen gerichtlichen Auseinandersetzungen geführt hatte. Der von den Wlawisten ausgearbeitete Standardvertrag regelte alles hieb- und stichfest.

»Nein«, sagte er. »Dummerweise nicht.«

Sie lächelte, griff über den Tresen und legte ihre Hand auf die seine. »Ich hab' immer ein paar davon zu Hause. Also zu mir.«

»Also zu dir«, sagte er.

Sie zögerte kurz. Offenbar war ihr Mißtrauen, das seine Hinhaltetaktik ausgelöst hatte, noch nicht völlig verflogen. »Ich will nicht unverrichteter Dinge hierher zurückkehren müssen«, sagte sie. »Den Weg kann ich mir sparen. Damit das völlig klar ist: Du erhebst keine Ansprüche. Der Standardvertrag gilt.«

»Der Standardvertrag gilt«, wiederholte er.

Kara kam hinter der Theke hervor und hakte sich bei ihm unter. »Worauf warten wir?« sagte sie, noch immer lächelnd.

7

Es kann nicht verwundern, daß die Wiederentdeckung Ruppets durch das Solare Imperium binnen kürzester Zeit zu umwälzenden Veränderungen auf dem Planeten führte. Wie die Psychohistorik zweifelsfrei nachweist, neigen in sich geschlossene Systeme nach ihrer Öffnung nach außen wie ein Pendel zum extremen Schwung in die andere Richtung. Dieses Verhalten wurde für Terra erstmals in großem Maßstab bei den zu Machtblöcken zusammengefaßten und unterdrückten Nationalstaaten der Erde des 19. und 20. Jahrhunderts nachgewiesen. Nach der Zerschlagung der jeweiligen Machtblöcke betonten die Mitgliedsstaaten mit exzessivem Nachdruck ihre nationale Eigenständigkeit, was den Haß auf ihre ehemaligen Verbündeten wieder aufleben ließ, zu brutalen Kriegen führte und die Vereinigung der Menschheit nachhaltig hintertrieb.

Ruppet nimmt insofern eine Sonderstellung ein, als die Unterdrückung hier nicht politischer, sondern religiöser Natur war. Das über Generationen hinweg zum Staatsprinzip gewordene Konzept des Expandere universalis erfuhr seine Umkehr in einer rasend schnell an Bedeutung gewinnenden Opposition. Wollte etwa eine Hälfte der Bevölkerung weiterhin vom Rest der Galaxis abgeschieden und nach dem Prinzip Gehet hin und vermehret euch! leben, konnte die andere die Annäherung an eins der technologisch und soziologisch wesentlich höher entwickelten galaktischen Imperien nicht schnell genug betreiben, was zwangsläufig zu innenpolitischen Spannungen und gewalttätigen Auseinandersetzungen

führen mußte, die allerdings wegen der Ehrfurcht der Ruppeter vor menschlichem Leben zum Glück verhältnismäßig zurückhaltend geführt wurden.
Mikail Tyssen Kais (Hrsg.), Encyclopaedia Universalia, Eintrag: Psychohistorik und Kulturschock (Auszug), Nembar: Verlag HDS 3000f.

Perry Rhodan
Ein freundlicher Empfang

»War das nötig?« fragte Nerval Rodrik. »Mußten Sie ihn gleich erschießen?«
Bridget sah den Sicherheitsminister an – entgeistert, wie sie hoffte. Jedenfalls hatte sie den Ausdruck so lange einstudiert, daß sie ihn eigentlich problemlos hinbekommen mußte. »Dieser Mann wollte Sie umbringen!«
Rodrik funkelte sie wütend an. »Lehrt man die Agenten der SolAb nicht, einen Gegner lediglich kampfunfähig zu schießen, statt ihn sofort zu töten?«
»Ich weiß genausowenig, was man Angehörigen der Solaren Abwehr beibringt«, erwiderte sie nicht minder zornig, »wie ich weiß, wer sich sonst noch dort befindet.« Sie deutete auf den Hinterraum.
Der Sicherheitsminister blieb völlig gelassen und ging nicht auf ihre Ablenkung ein. Fast gelangweilt zog er seinen Thermostrahler und betrat den Nebenraum.
Bridget folgte ihm.
Die beiden Techniker, die in dem Raum gearbeitet hatten, lagen auf dem Boden. Der eine atmete noch, der andere nicht mehr; sein Kopf stand in einem unnatürlichen Winkel

vom Körper ab. Dagor, die uralte arkonidische Kampftechnik. Selbst Mediziner waren sich also nicht zu schade, sich darin ausbilden zu lassen, vor allem, wenn sie ihre Kunst im Umfeld von Nachrichtendiensten ausübten, in dem es doch etwas gefährlicher zuging als in Wartezimmern auf Aralon.

Die anderen technischen Spezialisten, die in Deckung gegangen waren, als die Schüsse fielen, riskierten nun zögerliche Blicke, hielten sich aber merklich zurück. Bridget konnte es ihnen nicht verdenken – schließlich wurden sie dafür bezahlt, Opfer von Gewalttaten zu untersuchen, und nicht, selbst zu welchen zu werden.

»Bergen Sie den Verletzten!« sagte Rodrik allgemein in ihre Richtung. »Ansonsten rühren Sie nichts an. Ich will wissen, wie der Mann unbemerkt in diesen Raum gelangen konnte. Durch die Hintertür?«

»Wir haben das Haus abgeriegelt«, tat Didjeh Fohrtuhn kund, daß er auch noch vorhanden war. »Da kommt keine Maus durch. Dafür lege ich meine Hand in den Konverter.«

»Passen Sie nur auf, daß Sie sie nicht atomisieren«, sagte Rodrik abweisend und sah Bridget Märchtehn an. »Haben Sie eine Ahnung?« fragte er sie.

Sie zuckte mit den Achseln und schaute ratlos drein. Diesmal mußte sie sich nicht verstellen; sie hätte brennend gern gewußt, wie Urx-Moxiva an den Ort seiner Schandtaten zurückgekehrt war.

»Ein ... Transmitter?« fragte der Sicherheitsminister.

»Dafür braucht man eine Empfangs- und Sendestation«, sagte Bridget. »Eine, die noch funktioniert. Haben Sie so etwas darin gesehen?« Sie nickte zum Nebenraum hinüber.

»Vielleicht war der Mann Teleporter?«

»Na klar, die gibt es wie Sand am Meer. Vor allem bei Aras.«

Rodrik runzelte die Stirn.

»Es ist nicht bekannt, daß die Aras jemals Teleporter oder andere Mutanten hervorgebracht haben«, erklärte sie geduldig. Manchmal vergaß sie, daß die Ruppeter nur über höchst rudimentäre Kenntnisse über die Galaxis verfügten, die ihre Vorfahren hinter sich gelassen hatten, um sich ganz ihrem Glauben und dem damit verbundenen schönsten Aspekt des Lebens zu widmen. Und diese spärlichen Informationen waren auch nur angelesen.

»Also, wie ist er hereingekommen?« fragte der Sicherheitsminister.

»Um das herauszufinden«, riet Bridget, »sollten Sie vielleicht die verborgenen Aufnahmegeräte abspielen, die Sie zweifellos in dem Raum angebracht haben.«

Er betrachtete sie kurz, dann lachte er lauthals auf. »Für Ihre Größe sind Sie sehr clever«, versuchte er sie zu provozieren, um zu überspielen, daß er diese Runde ihres kleinen psychologischen Duells an sie verloren hatte.

Sie ging nicht darauf ein.

Nachdem Rodrik seinen Leuten die Anweisung erteilt hatte, wandte er sich wieder ihr zu. »Das ist also ein Ara«, sagte er. »Einer der berühmten Galaktischen Mediziner.«

»Die früher mit Vorliebe Seuchen zusammengebraut und auf Planeten freigesetzt haben, um dann horrende Summen für das Gegenmittel erpressen zu können«, sagte sie. »Und heute unter anderem für das Imperium Dabrifa arbeiten.«

»Sie kennen den Mann also?«

Sie hatte bereits darüber nachgedacht, ob sie ihm in dieser Hinsicht entgegenkommen sollte. Das Gespräch wurde aufgezeichnet und konnte später gegen sie verwendet werden. Es würde auffallen, wenn sie – die offizielle Sicherheitsbeauftragte für Rhodans Staatsbesuch – ihrem ruppetischen Gegenpart Informationen verschwieg, die Rodrik mit einem geringen Zeitaufwand auch selbst ausgraben konnte.

Außerdem konnte sie keinen Schaden anrichten, wenn sie ihn über den Ara aufklärte.
»Er heißt Urx-Moxiva«, sagte sie. »Und wir vermuten, daß er tatsächlich für den Dabrifa-Nachrichtendienst tätig ist.«
»So ein Ara kann doch außer Seuchen bestimmt auch Klone erschaffen?«
Es wäre unklug gewesen, ihm eine gewisse professionelle Anerkennung zu versagen. Rodrik hatte, was ein Agent unbedingt brauchte: Menschenkenntnis und Gespür für Zusammenhänge. Er hatte sofort die richtigen Schlüsse gezogen. Sie nickte.
»Warum wollte er mich töten?« wechselte der Sicherheitsminister abrupt das Thema und verblüffte sie damit innerhalb von Sekunden zum zweitenmal. »Warum hat er auf mich geschossen? Und nicht auf Sie? Er hätte auch wild um sich schießen, versuchen können, uns alle zu töten. Aber nein, er zielte auf mich. Warum?«
Weil er versuchen wollte, für seine Auftraggeber zu retten, was noch zu retten ist, dachte Bridget. »Vielleicht, weil Sie der Sicherheitsminister sind?«
Rodrik schüttelte den Kopf. »Die ganze Sache stinkt zum Himmel. Nichts paßt zusammen. Fohrtuhn!« bellte er seinen Stellvertreter an. »Was ist mit den Besitzern dieses Hauses? An wen haben sie die Räume vermietet? Ich hatte Sie gebeten, Nachforschungen anzustellen.«
Der Staatssekretär eilte servil herbei. »Der gesamte Gebäudeblock gehört einer großen Immobilienfirma in SEKTOR 5. Sie hat einen makellosen Ruf. Diese beiden Büroräume wurden vor einem Monat an einen Geschäftsmann vermietet, der im Im- und Export tätig ist. Er verfügt über gute Verbindungen zu allen galaktischen Großmächten. Unsere Leute sind zu ihm unterwegs, um ihn zu befragen.«

»Wahrscheinlich wird er spurlos verschwunden sein«, sagte Bridget. »Das sind sie doch immer, nicht wahr?«
Rodrik warf ihr einen mißtrauischen Blick zu.
»Wir sind soweit«, sagte ein Labortechniker. Er hatte auf einem Tisch ein – zumindest für Bridget Märchtehn – primitives Wiedergabegerät aufgebaut und schaltete es nun ein. Die Agentin betrachtete es mit echtem Interesse.
Der Mann spulte die körnige Schwarzweißwiedergabe im Schnelldurchlauf vor. Zuerst zeigte sie nur die beiden im Nebenraum befindlichen Techniker, die sich überraschend geschäftig ihren Aufgaben widmeten. Doch dann ...
Während Rodrik leise pfiff, schüttelte Bridget nur den Kopf. Sie konnte es nicht fassen.
Dann öffnete sich im Boden des Raums eine Geheimtür. Eine simple, schlichte, wenn auch perfekt eingelassene Geheimtür, die nicht aufgefallen war, weil sie von kleinen Trümmerstücken und Scherben bedeckt war, die noch ihrer Untersuchung durch die Techniker harrten.
Der Ara war zwar durch den kleinen Spalt nicht auszumachen, aber Bridget wußte, daß er hervorlugte und auf eine günstige Gelegenheit wartete. Die bot sich, als die Fußhaltung der beiden Techniker ihm verriet, daß sie ihm den Rücken zuwandten. Er schob die Klappe der Falltür geräuschlos hoch und schlüpfte mit einer Geschmeidigkeit hinaus, die sie dem langen, fast zerbrechlich hager wirkenden Körper nicht zugetraut hätte. Einer der Techniker hörte etwas und drehte sich um. Das war sein Verderben: Urx-Moxiva ging kein Risiko ein und tötete ihn mit einem Dagorgriff. Den anderen, der sich erst danach und langsamer umdrehte, schlug er lediglich bewußtlos.
Dann zog er einen Thermostrahler aus seinem Gürtel und verließ den Aufnahmebereich der Kamera. Was danach geschehen war, hatten sie selbst miterlebt.

»Das ist doch unglaublich!« murmelte Bridget. Wie hatte sie nur so nachlässig sein können?

Ein klassischer Fall aus dem Lehrbuch – auch wenn es sich dabei um einen Datenspeicher handelte. Kein fiktiver, sondern ein tatsächlicher. Der Attaché eines Botschafters war auf feindlichem Gebiet festgenommen worden. Man hatte ihn hyperphysikalisch durchleuchtet, nach den ausgeklügeltsten Mikrogeräten siganesischer Bauweise durchsucht und mit den modernsten Mitteln nach verborgener High-Tech abgeklopft. Leider hatte man die primitive Feile übersehen, die er in seinem Zylinder verborgen und mit der er in aller Ruhe die Gitterstäbe seiner Zelle durchgesägt hatte. Hochentwickelte Kulturen neigten bei Gegenspielern auf dem gleichen oder einem ähnlichen technischen Level dazu, nach den unglaublichsten technischen Gimmicks zu suchen und das Naheliegendste zu vergessen.

Zum Beispiel eine Falltür.

Jedenfalls hatte sie ein Problem weniger. Urx-Moxiva konnte die Aktion nicht mehr gefährden.

Dafür ließ das nächste nicht lange auf sich warten.

Rodrik drehte sich zu ihr um. Erneut stellte er seinen treffsicheren Instinkt unter Beweis, indem er sagte: »Sie wissen mehr, als Sie zugeben wollen, Märchtehn. Sie boykottieren meine Versuche, den Großadministrator zu schützen. Also reden Sie endlich.«

»Ich weiß wirklich nicht, was Sie meinen«, erwiderte sie.

Jegliche Verbindlichkeit war aus seinem Benehmen verschwunden. »Sie stehen zwar unter diplomatischer Immunität, aber ich fürchte um Ihre Sicherheit. Deshalb stelle ich Sie bis zu Rhodans Ankunft unter Schutzhaft. Selbstverständlich können Sie mit Ihrer Botschaft Kontakt aufnehmen. Man soll die Kleidung, die Sie beim Empfang tragen wollen, in mein Hauptquartier bringen. Da können

Sie sich umziehen. Ansonsten weichen Sie nicht mehr von meiner Seite!«

»Aber Sie können doch nicht ...«

»Fohrtuhn!« bellte der Sicherheitsminister. Auf sie achtete er gar nicht mehr. »Worauf warten Sie noch? Stellen Sie fest, wohin der Geheimgang führt! Und lassen Sie ihn genau untersuchen.«

Bridget Märchtehn seufzte. Es würde eine lange Nacht werden. Und an Schlaf war nicht zu denken ...

Verschlafen! Er hatte schlicht und einfach verschlafen! Es war ihm unbegreiflich, wie er überhaupt hatte einschlafen können, doch irgendwann war es geschehen. Die Anstrengungen des vergangenen Tages und vor allem der Nacht hatten ihren Tribut gefordert.

Er zwang sich zur Ruhe, obwohl alles in ihm danach schrie, aus dem Bett zu springen und zum Raumhafen zu laufen. Nur so würde sich das hartnäckige Pochen in seinem Kopf beruhigen. Aber er hatte keine Chance, sein Ziel auf diese Weise zu erreichen. Damit würde er nur bewerkstelligen, daß die Schmerzen immer schlimmer und schließlich unerträglich würden.

Perry Rhodan töten ... bei der Ankunft auf dem Raumhafen ... die offizielle Begrüßung ...

Zumindest hatte er die dringlichsten Fragen schon in der vergangenen Nacht geklärt. Kara Dastinova besaß einen City-Flitzer und hatte sich bereit erklärt, ihren heutigen freien Tag mit ihm auf dem Raumhafen zu verbringen und die offizielle Begrüßung Perry Rhodans zu beobachten.

Er rollte sich zu Kara herum und ließ seinen Finger um ihren Bauchnabel kreisen, um sie zu wecken. Sie rekelte sich wohlig und faßte nach seiner Hand, um sie tiefer zu führen.

Er befreite sich von ihrem Griff. Am liebsten hätte er sie niedergeschlagen und ihr einfach die Schlüssel abgenommen. Aber er hatte sie nicht fragen können, wo sie ihren City-Flitzer abgestellt hatte oder ob sie vielleicht sogar einer Fahrgemeinschaft angehörte. Das wäre doch etwas zu auffällig gewesen.
»Wir wollten doch zu Rhodans Empfang auf dem Raumhafen sein«, flüsterte er und kitzelte sie am Kinn.
»Ach, was interessiert mich Rhodan«, murmelte sie gähnend, öffnete aber wenigstens die Augen. »Ich wüßte was Besseres mit unserer Zeit anzufangen.«
»Dazu haben wir später noch Gelegenheit genug«, sagte er und küßte sie auf die Lippen. »Ich muß mich erst mal ... erholen.«
Sie richtete sich auf die Ellbogen auf, doch der Anblick ihrer vollen Brüste bewirkte bei ihm derzeit nur, daß das Pochen in seinem Kopf stärker wurde. »Macht doch nichts, daß es beim letzten Mal nicht geklappt hat«, sagte sie. »Dafür war es die ersten drei Male richtig schön. Ich bin sicher, ich krieg' das wieder hin.« Sie griff erneut nach ihm.
»Viermal ... na ja, dreieinhalbmal ... reicht mir«, sagte er und hielt ihre Hand fest. »Ich will Rhodan sehen. Der kommt nicht jeden Tag nach Ruppet.«
»Ernsthaft?« fragte sie.
»Ernsthaft«, bestätigte er.
»Aber danach ...«
»Danach machen wir da weiter, wo wir aufgehört haben«, versprach er ihr. Die Lüge kam völlig glatt über seine Lippen.
Kara zog einen Schmollmund, stand aber auf. Als sie ins winzige Bad ihres Ein-Zimmer-Apartments ging, löste der Anblick ihres prächtigen nackten Körpers nur einen Gedanken in ihm aus: *Perry Rhodan töten ...*

Während sie einen Teil ihrer kostbaren Wasserration für die Körperreinigung aufwandte und er es ihr danach gleichtat, überlegte er unentwegt, was er unternehmen würde, wenn er den Raumhafen erreicht hatte. Zwar wurden Millionen von Schaulustigen erwartet, zwischen denen er untertauchen konnte, aber es würde Absperrungen geben, Sicherheitsvorkehrungen, die er überwinden mußte, wollte er in die Nähe des Großadministrators gelangen. Seine Absicht, das Terrain in aller Ruhe zu erkunden, war Makulatur. Er konnte von Glück sprechen, wenn er überhaupt noch rechtzeitig dort eintraf. Er kam jedoch zu keiner Lösung; er würde improvisieren müssen ...
Angesichts der Erfolge seiner bisherigen aus dem Stegreif ausgeführten Aktionen war diese Aussicht nicht gerade berauschend.
In seinem Kopf hämmerte es geradezu. Noch zwei Stunden bis zwölf Uhr mittags, dem vorgesehenen Zeitpunkt für Rhodans Landung auf dem Raumhafen.
Als er aus dem Bad trat, war Kara bereits angezogen. Nicht so auffallend bunt wie am Vorabend; aber diese Aufmachung hatte ihren Zweck ja erreicht: Nun war sie mit ihm zusammen, freute sich darauf, Ruppets Gebot nach dem lästigen Abstecher zum Raumhafen erneut ausgiebig befolgen zu können, und konnte darauf verzichten, das Interesse des männlichen Geschlechts auf sich zu lenken.
Er zog sich schnell an und versuchte dabei, seine zwar exklusive, aber doch mitgenommen wirkende Kleidung einigermaßen herzurichten. Zwar ließ sich nicht völlig verbergen, daß er darin zwei gescheiterte Versuche unternommen hatte, sich in den Besitz eines Fahrzeugs zu bringen, doch er wollte die Spuren so gut wie möglich beseitigen, um nicht von vornherein Aufmerksamkeit und Mißtrauen zu erregen.

Zu seiner Überraschung stand Karas City-Flitzer – ein ziemlich klappriges Modell, das wohl keine weiteren vierhunderttausend Kilometer mehr durchhalten würde – in einer Parkbox der Tiefgarage ihres Wohnblocks. Solche Einstellplätze waren absolut rar und begehrt. Er wußte, daß wegen ihnen schon ältere, nicht mehr fortpflanzungsfähige Mitbürger ermordet worden waren.
»Ich verstehe mich ganz gut mit dem Parkhausverwalter«, erklärte sie auf seinen verwunderten, fragenden Blick.
Das bezweifelte er nicht. Daß sie eine überaus attraktive Frau war, hatte er in dieser Nacht dreimal bestätigt, den wegen schierer Erschöpfung gescheiterten vierten Versuch gar nicht mitgezählt.
Die Fahrt war der reinste Alptraum. Die Serie der Katastrophen und Fehlschläge schien nicht abreißen zu wollen; das Pech blieb ihm treu. Anderthalb Stunden vor Rhodans Landung gerieten sie in den ersten Stau, der sich wie durch ein Wunder nach zehn Minuten wieder auflöste. Der Grund dafür wurde ihm zehn Minuten später klar, als sie an einer Informationstafel des SEKTOR-Leitwerks vorbeikamen. Sämtliche fünf Fahrbahnebenen waren in ein und dieselbe Richtung freigeschaltet worden – in Richtung Raumhafen.
Ihm wurde mit buchstäblich schmerzhafter Deutlichkeit klar, daß er nicht der einzige Ruppeter war, der Perry Rhodan leibhaftig sehen wollte. Er bezweifelte allerdings, daß die anderen so dringliche Gründe hatten wie er.
Sein Kopf drohte mittlerweile bei der kleinsten Bewegung zu platzen. Kara warf ihm immer öfter verstohlene Seitenblicke zu. Er konnte es ihr nicht verdenken. Im Innenspiegel sah er, daß sein Gesicht bleich und schweißnaß war, und er spürte selbst, daß er in immer kürzeren Abständen Krämpfe bekam, die ein heftiges Zittern

seines gesamten Körpers auslösten. Die so lebens- und fortpflanzungsfreudige Kellnerin mußte glauben, einen Verhüter – nein, das wohl gerade nicht, also etwas noch Schlimmeres, einen verrückten Mörder zum Beispiel – durch die überfüllten Straßen zu kutschieren.
Er versuchte, seine Gedanken wieder unter Kontrolle zu bringen.
Perry Rhodan töten ...
Um halb zwölf brach der Verkehr vollends zusammen. Nichts ging mehr. Alle Radiosender wiederholten pausenlos die eindringliche Mahnung, den Raumhafen großräumig zu meiden.
Zwanzig Minuten später waren sie noch keine hundert Meter weiter gekommen. Dafür schien Kara drauf und dran zu sein, aus dem City-Flitzer zu springen und kreischend um Hilfe zu rufen.
Er nahm ihr die Entscheidung ab und verließ den Wagen fluchtartig, ohne ein weiteres Wort.
Zehn Minuten später erreichte er keuchend den Rand der Absperrungen. Das Herz drohte ihm aus der Brust zu springen, und die Kopfschmerzen waren mittlerweile so heftig, daß er kaum noch etwas sehen konnte.
Perry Rhodan töten ... bei der Ankunft auf dem Raumhafen ... die offizielle Begrüßung ...
Es war aus und vorbei. Zwölf Uhr. In diesem Augenblick fand die Begrüßung statt.
Dann senkte sich ein gigantischer Schatten über das weite Areal des Raumhafens vor ihm, über die niedrigen Gebäude und die Menschenmassen auf der schier endlosen Fläche jenseits der Absperrung, und machte den Mittag kurz zur Mitternacht.
Rhodans Schiff hatte sich verspätet!
Unbändige Hoffnung brandete in ihm auf. Er taumelte wei-

ter, zu dem über zwei Meter hohen Gitter der Absperrung. Zwei Posten standen dahinter, ein weiterer saß hinter dem Aggregat, mit dem im Notfall ein Prallfeld errichtet werden konnte.
Wie sollte er die Wachen überwinden? Wie sollte er noch rechtzeitig zu Rhodan gelangen?
Einer der Sicherheitsbeamten bemerkte ihn, legte sofort die Hand auf den Griff der Pistole in seinem Halfter. Er trat einen Schritt vor und riß die Augen auf, als würde er einen Geist sehen. »Aber ... Sir ...«, stammelte der Mann.
Er hätte schwören können, daß der Posten ihn erkannte. Mehr noch. Plötzlich unsicher wurde. Zögerte. Hilflos überlegte, was er nun tun sollte.
Er hatte immer gewußt, daß er einen todsicheren Instinkt hatte, sich blitzschnell auf veränderte Situationen einstellen konnte. Diese Fähigkeit schien verlorengegangen zu sein, aufgesogen von dem unerträglichen Pochen in seinem Schädel. Deshalb hatte er sich bislang so dilettantisch angestellt.
Nun war sie zurückgekehrt, im gleichen Maß, wie die Kopfschmerzen nachließen.
»Schnell!« herrschte er den Mann an. »Öffnen Sie das Tor!«
»Aber ... Sir ... ich darf nicht ...«
»Sofort!« brülltc cr.
Der Posten trat zu der Tür im Gatter und öffnete sie tatsächlich.
»Kommen Sie mit!« befahl er, um jede mögliche Initiative des Sicherheitsbeamten im Ansatz zu ersticken, und rannte weiter.
Der Wächter folgte ihm.
Hinter den Absperrungen kamen sie schnell voran, ohne von den Menschenmassen behindert zu werden. Dennoch schien es eine Ewigkeit zu dauern, bis er das erhöhte

Podium ausmachen konnte, auf dem, wie er mit einemmal wußte, der Großadministrator von Sicherheitsminister Rodrik begrüßt werden sollte. Sicherheitsminister Rodrik ...
Perry Rhodan töten ...
Er lief weiter. Quälend langsam wurde das erhöhte Podest für ihn größer. Aus dem Raumschiff, das massig wie ein Berg, aber gleichzeitig leicht, fast schwerelos wie eine Feder, in der Luft hing, schwebten mehrere Gestalten.
Rote Schlieren wogten vor seinen Augen. Den Sicherheitsbeamten hatte er schon weit hinter sich gelassen. Da das Blut in seinen Ohren trommelte, vernahm er nur noch undeutlich sein besorgtes Rufen.
Dafür wurde es aber von drei Sicherheitsbeamten vernommen, die ein gutes Stück vor ihm standen. Sie drehten sich zur Quelle des plötzlichen Aufruhrs um. Im Gegensatz zu dem Mann an der Absperrung schienen sie ihn nicht zu erkennen oder zumindest nicht von ihm beeindruckt zu sein, denn ihre Hände fuhren zu ihren Waffen. Einer zog den Thermostrahler.
Gut. Sie besaßen Waffen. Er nicht. Aber er brauchte eine.
Perry Rhodan töten ... bei der Ankunft auf dem Raumhafen ... die offizielle Begrüßung ...
Also würde er sie dem Mann abnehmen. Er verspürte nicht den geringsten Zweifel daran, daß er problemlos dazu imstande war.
»Stehenbleiben!« rief der Posten, der die Waffe gezogen hatte. Er lief weiter. Der Wächter hob den Thermostrahler, legte an, zielte auf ihn. Und zögerte ebenfalls. Schien ihn jetzt endlich zu erkennen.
Fassungsloses Erstaunen weitete die Augen des Mannes. Dann obsiegte seine Ausbildung, erinnerte er sich, genau wie seine Kollegen, wieder an die erhaltenen eindeutigen Befehle.

Aber der Mann schoß trotzdem nicht, setzte sich, genau wie seine Kollegen, in Bewegung, um ihn aufzuhalten, ohne ihn zu verletzen.
Während die drei Männer des Sicherheitspersonals auf ihn zustürmten, warf er noch einen Blick auf die erhöhte Tribüne. Dort hinauf hatte sich mittlerweile das ruppetische Empfangskomitee begeben, um Großadministrator Rhodan und dessen Begleiter zu begrüßen.
Er erstarrte. Was er dort sah, verblüffte ihn so absolut, daß sein Körper zu keiner Reaktion mehr fähig war. Ihm zitterten nicht einmal die Knie.
Der pochende Schmerz in seinem Kopf verschwand, als hätte es ihn nie gegeben.
Von einem Sekundenbruchteil zum anderen stürzte seine gesamte Welt ein, zerbrach das grundlegende Fundament seiner Existenz, als hätte es nie aus etwas anderem als Illusion bestanden, aus grausam trügerischem Schein.
Er schrie gellend auf, so laut, daß sich Tausende von Köpfen zu ihm umdrehten.
Dann waren die drei Sicherheitsbeamten über ihm.

Bridget Märchtehn kannte zwar die Qualitäten ihrer Kollegen und war überzeugt, daß Ka-Eins die Lage auch ohne sie unter Kontrolle halten konnte, doch es störte sie ungemein, von jeglichem Informationsfluß abgeschnitten zu sein. Im Lauf der Nacht und des Vormittags war bei ihr das Gefühl immer stärker geworden, daß Sicherheitsminister Rodriks unerwarteter Schachzug, einen Eklat zu riskieren und sie trotz ihrer diplomatischen Immunität einfach festzusetzen, eine ernsthaftere Gefährdung für die Aktion darstellte, als sie anfangs vermutet hatte.
Und als die WURIU SENGU über dem ihr zugewiesenen

Landefeld auftauchte und Bridget noch immer nicht wußte, ob alles planmäßig verlaufen war, steigerte sich dieses Gefühl zu unverhohlener Besorgnis.
Die WURIU SENGU war ein Ultraschlachtschiff der Galaxis-Klasse, ein Kugelraumer von 2500 Metern Durchmesser, dessen Feuerkraft ausgereicht hätte, den einzigen Kontinent von Ruppet binnen weniger Sekunden in eine Gluthölle zu verwandeln. Benannt war sie nach dem während der Second-Genesis-Krise ermordeten Späher aus dem Mutantenkorps. Ob es nun psychologisch ratsam war oder nicht, Perry Rhodans Stab schien Wert darauf zu legen, der Regierung Ruppets nachhaltig die gesamte Machtfülle des Solaren Imperiums aufzuzeigen.
Allerdings senkte die WURIU SENGU sich mit Hilfe des Antigravitationsantriebs behutsam ab und verharrte hoch über dem Landefeld. Etwas anderes blieb ihr auch gar nicht übrig; der Raumhafen von Ruppet war lediglich für wesentlich kleinere Schiffe geschaffen und hätte den Raumriesen niemals aufnehmen können.
Bridget nestelte nervöser, als ihr recht war, an ihrem schlichten Kostüm herum. Unmittelbar vor dem Aufbruch zum Raumhafen hatte sie sich im Sicherheitsministerium umziehen dürfen; ihre Kleidung war selbstverständlich gründlich durchsucht worden. Rodriks Männer hätten sogar die berühmte Feile darin entdeckt. Am meisten störte sie, daß sie waffenlos war. In dieser Hinsicht hatte der Sicherheitsminister nicht mit sich reden lassen.
Wie tief Rodriks Mißtrauen ihr gegenüber saß, bewies nicht nur die Tatsache, daß er sie höflich aufgefordert hatte, in seinem Gleiter mitzufliegen, sondern erst recht der Umstand, daß er sie von zwei Aufpassern bewachen ließ. Die beiden Männer standen je einen Schritt rechts und links hinter ihr und ließen sie nicht aus den Augen. Wie alle

Offiziellen, die auf der Minister- und Staatssekretärebene ausgenommen, trugen sie bunte Phantasieuniformen, die lediglich zur Repräsentation gedacht und für ernsthafte Einsätze völlig untauglich waren.
Die Agentin ließ die Blicke schweifen. Menschen – oder vielmehr Ruppeter –, so weit das Auge reichte. Sie standen dicht an dicht, drängten sich an die konventionellen Absperrungen, die notfalls von Prallfeldern verstärkt werden konnten. Es waren zwei, wenn nicht sogar drei Millionen; solche Massen hatte sie selbst während ihrer Dienstzeit auf diesem Planeten noch nicht gesehen.
Und das, obwohl Rhodan hier nur eine kurze Ansprache halten würde und dann vom Sicherheitsminister zu Gesprächen mit dem Präsidenten von Ruppet zu dessen Amtssitz gebracht werden sollte.
Eine Schleuse der WURIU SENGU öffnete sich, und mehrere Gestalten in lindgrünen Uniformen schwebten auf eine erhöhte Bühne herab, von einem Antigravfeld getragen. Federleicht setzten sie auf dem Boden auf und formierten sich sofort. Der Großadministrator stand vorn, und hinter ihm bauten sich halbkreisförmig seine Stabsmitglieder und Angehörige des Sicherheitspersonals auf. Sie hielten einen Abstand von ein, zwei Metern zu ihm.
Bridget lächelte.
Schon allein die Tatsache, daß Rhodan – wenn auch, wie ihr bereits avisiert, mit leichter Verspätung – gelandet war, stellte für Bridget eine gewisse Beruhigung dar. Selbstverständlich standen die Personen, die die Reise über für seinen Schutz verantwortlich waren, mit Ka-Eins in Verbindung. Der oberste Leiter der Operation hatte also grünes Licht gegeben.
Die Agentin hatte Perry Rhodan schon mehrmals aus einiger Entfernung gesehen, konnte sich jedoch auch diesmal

nicht der Faszination entziehen, die von dem Unsterblichen ausging. Körperlich war er eher unauffällig, schlank und hochgewachsen, mehr konnte man auf diese Entfernung nicht ausmachen; aber sein Konterfei war ohnehin jedem Kind bekannt. Vielmehr vermittelte er eine nur schwer faßbare Ausstrahlung. Ob es an der in über zwei Jahrtausenden gewonnenen Erfahrung lag, den Dingen, die er bereits gesehen und getan hatte – sie konnte es nicht sagen.

Aber wer ihn sah, wußte sofort: Diesem Mann war es bestimmt, der Menschheit die Brücke in die Unendlichkeit, ins Universum zu öffnen.

Plötzlich schien eine knisternde Spannung über der Menge zu liegen. Bridget war nicht die einzige, die sich dem Fluidum dieses Mannes nicht entziehen konnte.

In die Reihe der Würdenträger auf dem Landefeld geriet Bewegung. Angeführt vom Sicherheitsminister, schritten sie die Treppe zur Bühne hinauf. Rodrik blieb vor Rhodan stehen und deutete eine Verbeugung an.

»Es ist mir eine Ehre, Sie im Namen unserer Regierung auf Ruppet begrüßen zu dürfen.« Hochleistungsmikrophone, die an der Uniform eines der Begleiter des Großadministrators befestigt waren, und überall auf dem Landefeld aufgebaute Lautsprecher sorgten gemäß den schon längst getroffenen Protokollvereinbarungen dafür, daß die auf der Bühne gesprochenen Worte überall auf dem Landefeld und darüber hinaus von den Millionen von Ruppetern verstanden werden konnten.

»Und mir ist es eine Ehre, mich auf Ruppet aufhalten zu dürfen«, gab der Großadministrator genauso salbungsvoll zurück.

»Sie wollten einige Worte an die Bevölkerung richten?« Rodrik trat respektvoll zwei, drei Schritte zurück.

Ein leises Geräusch erregte Bridgets Aufmerksamkeit. Unter normalen Umständen hätte sie es angesichts dieser Menschenmassen gar nicht wahrgenommen; das bloße Ein- und Ausatmen von mehreren Millionen Menschen hätte es übertönen müssen. Doch just in diesem Moment war es mucksmäuschenstill geworden; alles lauschte darauf, was der Großadministrator zu sagen hatte, und man hätte die sprichwörtliche Stecknadel fallen hören können. Sie drehte sich um.

Gut dreißig Meter von ihr entfernt, aber auf ihrer Seite der Absperrungen, also in dem der Öffentlichkeit nicht zugänglichen Bereich, war es zu einem Tumult gekommen. Drei Angehörige des Sicherheitspersonals rangen mit jemandem, den Bridget nicht erkennen konnte, da sie ihn verdeckten.

»Er hat eine Waffe!« brüllte jemand aus der Richtung des Getümmels.

»Ein freundlicher Empfang wie dieser«, sagte Perry Rhodan im gleichen Augenblick, und Bridget drehte sich wieder zu ihm um, »gibt mir Anlaß zur Hoffnung, daß eine vereinte Menschheit, die die Galaxis in Frieden unter allen Völkern besiedelt, kein Traum von nur wenigen ist ...«

Weiter kam er nicht.

Sicherheitsminister Nerval Rodrik, der keine zehn Schritte vom Großadministrator entfernt stand, zog seinen Thermostrahler aus dem Halfter und richtete ihn auf den hohen Besucher.

Rhodan war als Sofortumschalter bekannt, doch angesichts der Umstände – schließlich wurde er aus geringster Entfernung mit einer tödlichen Waffe bedroht – blieb ihm nichts anderes übrig, als zu verstummen. Jeder Versuch, sich aus der Schußbahn zu werfen, konnte Rodrik zum Abdrücken provozieren.

»Er hat eine Waffe!« wurde erneut in das Schweigen gebrüllt – aber nicht auf der Tribüne, sondern hinter den Absperrungen, dreißig Meter von ihr entfernt. Der Mann, der offensichtlich das Gerangel ausgelöst hatte, hatte die Sicherheitskräfte abgeschüttelt. Dann hatte er, wie der aufgeregte Rufer schon zweimal verkündet hatte, einem der drei Männer den Thermostrahler entrissen und zielte damit auf die Tribüne. Nun konnte sie ihn deutlich ausmachen.
Bridget kannte ihn.
Es war ... Sicherheitsminister Nerval Rodrik.

8

Der endgültige Niedergang des Solaren Imperiums wurde spätestens mit den Genesis-Krisen eingeleitet, die mehrere Mitglieder des Mutantenkorps das Leben gekostet haben. Bei der First-Genesis-Krise trat im Jahr 2907 bei acht Mutanten ein abnormes Hirnwachstum auf; bei der Second-Genesis-Krise zwei Jahre später wurden sie wahnsinnig, und die Zellaktivatoren von vier von ihnen wurden von dem abtrünnigen ertrusischen USO-Spezialisten Nos Vigeland geraubt. Einen behielt er für sich, und zwei übergab er an Runeme Shifter und Terser Frascati, den beiden Herrschern des Carsualschen Bundes, um von ihnen als Mitregent akzeptiert zu werden.

Doch der Carsualsche Bund war nicht das einzige neu entstandene Machtgebilde in der Galaxis, das von Terra-Abkömmlingen beherrscht wurde. Shalmon Kirte Dabrifa hatte sich zum Alleinherrscher des Normon-Systems aufgeschwungen und gleichzeitig dreißig weitere Systeme unterworfen. Auch er erhielt einen der geraubten Zellaktivatoren. Und in Richtung Milchstraßenmitte hatte sich die Zentral-Galaktische Union gebildet, die über 500 Welten beherrschte, die sich vom Solaren Imperium abgespalten hatten.

Die derzeitigen Beziehungen zum Carsualschen Bund, zum Imperium Dabrifa und zur Zentral-Galaktischen Union kann man nur als gespannt bezeichnen. Es bleibt zu hoffen, daß es dem Verhandlungsgeschick der Führungsspitze des Solaren Imperiums gelingt, die Wiedervereinigung aller Terra-Abkömmlinge in der

Galaxis zu verwirklichen. Doch die Zeichen der Zeit stehen auf Sturm: In einem Kalten Krieg versuchen die drei großen Imperien offen oder verdeckt, ihren Machtbereich auszudehnen oder zumindest zu sichern. Dieser Umstand wirft ein bezeichnendes Licht auf die Ereignisse während der Sechshundertjahrfeier Ruppets, wenige Jahrzehnte nach der Wiederentdeckung der Welt: Aufgrund der strategischen Lage – der Kugelsternhaufen 47 Tucani liegt schließlich nur 15.000 Lichtjahre vom Solsystem entfernt – mußte jeder der drei Machtblöcke daran interessiert sein, Ruppet seinem Einflußbereich anzuschließen, zumal der Sternenhaufen ansonsten nicht besiedelt war und Ruppet in der langfristigen Planung als hervorragend geeignete Basis angesehen wurde, von der aus sich die Kontrolle über die gesamte Region errichten ließ. Angesichts des damaligen – und auch noch heutigen – Machtgefüges in der Galaxis gerieten zahlreiche solcher eigentlich unbedeutenden Systeme für einen mehr oder weniger kurzen Zeitraum in den Brennpunkt des Interesses.
Doch selbst wenn Ruppet in der Andromeda-Galaxis liegen würde: Agenten des Solaren Imperiums, Carsualschen Bundes und Imperiums Dabrifa wären auch dort aktiv – ganz einfach, weil sie davon ausgingen, daß ihre Konkurrenten dort umtriebig seien und ausgeschaltet werden müßten. Manchmal wünscht man sich angesichts solch einer Situation in der Milchstraße wirklich, man könne sich, wie der Zwergenkönig Laurin es einst tat, eine Tarnkappe aufsetzen und für den Rest der Galaxis einfach verschwinden.
Mikail Tyssen Kais (Hrsg.), Encyclopaedia Universalia, Eintrag: Die galaktopolitische Situation im 30. Jahrhundert (Auszug), Nembar: Verlag HDS 3000f.

Der Attentäter
Enthüllung

Bridget Märchtehn stockte der Atem, als der Sicherheitsminister auf der erhöhten Bühne – der Nerval Rodrik, der neben Rhodan stand – den Strahler weiterhin auf den Großadministrator gerichtet hielt. *Begnadeter Voss*, flehte sie in Gedanken, *hoffentlich hast du keinen Mist gebaut! Wenn du uns jetzt im Stich läßt ...*
Dann wäre zumindest ihre Karriere im Eimer.
Ein Raunen ging durch die Menge, dehnte sich rasend schnell von der Absperrung über das gesamte Areal aus, obwohl gleichzeitig die Zeit noch immer seltsam gefroren zu sein, wesentlich langsamer abzulaufen schien. Dann geriet Bewegung in die Sicherheitskräfte an der Peripherie; die Leute, die sich dicht neben Rhodan befanden, wagten sich nicht zu rühren, aus Angst, jede ungewollte und unbeabsichtigte Provokation könnte den anscheinend verrückt gewordenen Rodrik zum Abdrücken verleiten. Noch drohte keine Panik auszubrechen; die Millionen von Ruppeter waren wie gelähmt.
Aus dem Augenwinkel beobachtete Bridget den anderen Rodrik, denjenigen, der so unvermittelt aufgetaucht war. Er zielte mit der erbeuteten Waffe nun auf sein Gegenstück; trotz seiner offensichtlichen Verwirrung und Erschöpfung war seine Hand ganz ruhig. »Waffe runter!« brüllte er.
Einen Moment lang schienen die beiden Rodriks sich anzusehen. Bridget achtete nun ausschließlich auf den neben Rhodan. Sie stand zwar verhältnismäßig weit von ihm entfernt, glaubte aber trotzdem, in seinen Augen plötzlich ein

Blitzen zu sehen, dann ein ungläubiges Staunen, als wären ihm auf einen Schlag alle Geheimnisse seiner Existenz enthüllt worden.
Bridget fragte sich, wie es sein mußte, wenn man auf einmal sich selbst gegenüberstand, ohne Vorbereitung, ohne Warnung. Dann dachte sie überhaupt nichts mehr und ließ ihre Ausbildung ihr Denken übernehmen.
»Nicht schießen!« rief der Rodrik neben Rhodan. »Ich habe eine Enthüllung zu machen ...«
Weiter kam er nicht. Ein verdeckt ausgeführter Schlag mit der Handkante, und der noch immer maßlos verblüffte Sicherheitsbeauftragte rechts neben ihr riß die Augen auf und schnappte nach Luft. Die Agentin hatte die Kraft des Hiebs genau berechnet; sie hatte den anderen kurzzeitig bewegungsunfähig gemacht, ohne ihn so hart zu treffen, daß er sofort zusammenbrach. Noch bevor der Mann links neben ihr reagieren konnte, hatte sie die Waffe aus dem Halfter des vorübergehend zu keiner Regung mehr fähigen Sicherheitsbeamten gezogen.
Uniform und Halfter mochten bunt und auffällig und hauptsächlich zu Paradezwecken gedacht sein, die Waffe war es nicht. Die Terranerin war mit dem Modell vertraut; es kam ihr nicht einmal wie eine Ironie des Schicksals vor, daß es sich um eins handelte, das Ruppet im Tausch gegen Rohstoffe aus dem Imperium Dabrifa importiert hatte.
Die Ereignisse überschlugen sich. Bridget wurde erst später so richtig klar, was alles gleichzeitig geschah.
Sie entsicherte die Waffe und schoß praktisch im gleichen Augenblick aus der Deckung heraus, die der von ihr ausgeschaltete Wächter bot. Sie war überzeugt, daß der Mann, der Rhodan bedrohte, gar nicht sah, wer seiner Existenz ein Ende bereitete. Es war ein gezielter Schuß; sie ließ dem Opfer nicht die geringste Chance. Der Strahl fuhr dem

Rodrik neben Perry Rhodan, der noch immer die Waffe auf den Großadministrator gerichtet hielt, in die Brust.

Gut, dachte sie. Es war wichtig, daß der Kopf erhalten blieb.

Zeitgleich – nein, eigentlich ein paar Sekundenbruchteile vor ihrem Schuß, wurde ihr später klar, als sie in Ruhe über die Ereignisse nachdenken konnte – verschwand Perry Rhodan, löste sich einfach in Luft auf. Nach einer gewissen Verzögerung schien dort, wo er gerade noch gestanden hatte, die Luft zu knallen, und der von ihr niedergestreckte Nerval Rodrik brach genau dort zusammen, wo eben noch der Großadministrator gestanden hatte.

Unmittelbar darauf fiel ein weiterer Schuß – und fuhr für ihren Geschmack wesentlich zu dicht über ihren Kopf hinweg. Sie glaubte zu spüren, wie die Hitze des Thermostrahls ihr sowieso schon arg kurz geschorenes Haar versengte.

Das ist doch nicht zu fassen! dachte sie entgeistert. *Dieser blöde Hund von Rodrik schießt auf mich! Er schießt auf mich!*

Sie warf sich zu Boden.

Endlich reagierten die Sicherheitskräfte. Bridget warf den Thermostrahler weit von sich und riß schützend die Hände über den Kopf, als sie spürte, wie sich brutal ein Gewicht auf sie warf. Im nächsten Moment wurde sie von drei, vier, fünf Händen ergriffen, die sich in ihrem Bemühen, sie festzuhalten, gegenseitig behinderten. Sie leistete nicht den geringsten Widerstand.

Die Sicht war ihr genommen, doch sie hörte, daß überall um sie herum die Hölle losbrach. Die feierliche Stimmung war abrupt beendet; Menschen liefen und riefen hektisch durcheinander. Sie vernahm trampelnde Schritte, aufgeregt gebrüllte, sich teilweise widersprechende Anweisungen.

Kein Wunder, dachte sie. Das, was die Sicherheitskräfte Ruppets unbedingt hatten vermeiden wollen, war eingetreten – ein Attentat auf den Großadministrator des Solaren Imperiums. Und noch wußte niemand der Verantwortlichen genau zu sagen, was geschehen war. Woher kam der zweite Rodrik? Hatte Perry Rhodan überlebt? Was genau war gerade geschehen? Sie alle hatten es beobachtet, doch keiner wußte es.

Und das kam ihren Zwecken ausgesprochen entgegen.

Bridget blieb still liegen, bis nach einer Zeitspanne, die fast jeder nicht so gut ausgebildeten Person wie eine Ewigkeit vorgekommen wäre – sie hatte die Sekunden mitgezählt, es waren knapp einhundertundfünfzig –, eine vertraute Stimme neben ihr einen Befehl bellte und die Sicherheitskräfte, die sie mittlerweile an Armen und Beinen festhielten, sie unsanft hochrissen. Sie sah Rodrik ins Gesicht; ein solcher Ausdruck kaum beherrschter und beherrschbarer Wut war ihr bislang nur selten untergekommen. Sie konnte nur hoffen, daß der Sicherheitsminister in seiner Erregung keinen Fehler machte.

Doch er hielt sich in der Gewalt, wenn auch nur mit Mühe. »Führt die Frau ab!« befahl er. »Einzelzelle! Niemand darf zu ihr, bis ich mit ihr gesprochen habe.«

Sicherheitsminister Nerval Rodrik – der echte – ließ Bridget fast vierzehn Stunden lang in der Zelle schmoren, bis er ihr endlich seine Aufmerksamkeit widmete. Er hatte die Zeit nicht untätig verbracht; seine Augen waren eingefallen, und er kam ihr noch hohlwangiger vor als während der Ereignisse auf dem Raumhafen. Sie ging davon aus, daß er sich einen so vollständigen Überblick über die Geschehnisse verschafft hatte, wie es ihm möglich gewesen war.

»Eine Ruppeterin will in einer Singlebar einen Terraner abschleppen«, sagte er ohne jedes Wort der Begrüßung, als er den kleinen, spartanisch eingerichteten Raum betrat. »Komm mit mir, sagt sie zu dem Terraner. Wir haben die ganze Nacht für uns, und wir treiben es, bis ich nicht mehr denken kann.«

Bridget Märchtehn sah ihn nur an, wußte, was nun folgen würde.

»Tut mir leid, antwortet der Terraner«, fuhr Rodrik fort. »Ich stehe nicht auf Quickies.«

Sie schwieg.

»Das ist einer der zündenderen Witze, die die Terraner natürlich niemals über die Ruppeter erzählen würden.«

»Kartoffel, Kartoffel«, versetzte sie lediglich.

»Sagen Sie, hat Rhodan eigentlich von Ihrem infamen Spiel gewußt? War er eingeweiht? Hat er sich willentlich dafür hergegeben?«

Sie zuckte mit den Achseln. »Ich weiß gar nicht, wovon Sie sprechen.«

»Es kann nicht anders gewesen sein«, sagte Rodrik wütend. »Die Art und Weise, wie er plötzlich verschwand, sich einfach in Luft auflöste ...«

Ja, dachte Bridget, *erstaunlich, wozu ein unter einem Deflektorschirm verborgener Mausbiber namens Gucky imstande ist.* Zum Beispiel konnte er zuerst vortreten, damit das Deflektorfeld auch Rhodan einhüllte und unsichtbar machte, und dann konnte er einfach mit ihm zurück auf die WURIU SENGU teleportieren. Fest stand jedenfalls: Das Leben des Großadministrators war keinen Augenblick lang ernsthaft gefährdet gewesen, auch nicht ohne den Einsatz des Ilts.

»Aber kommen wir zum Wesentlichen«, fuhr der Sicherheitsminister fort. »Zu der Sache zwischen uns. Sie haben mich von Anfang an benutzt und getäuscht. Wie sind Sie sich vorgekommen, als Sie in dem Labor mit dem von Ihnen umprogrammierten Klon sprachen? Wie haben Sie es nur geschafft, sich das Lachen zu verbeißen? Aber nein, Sie mußten ja noch eine Rolle spielen ... Ihren Plan in die Tat umsetzen.«

Also hatte er sich die Aufzeichnungen angesehen, die während des Lokaltermins in dem geheimen Stützpunkt des Imperiums Dabrifa in SEKTOR 1 entstanden waren. Sie hatte nichts anderes erwartet. »Sie können mich nicht festhalten«, sagte sie. »Ich stehe unter diplomatischer Immunität.«

Er schlug mit der Faust auf den Tisch, der – abgesehen von zwei Stühlen – die einzige Einrichtung darstellte. »Schluß mit den Spielchen«, sagte er. »Sie schenken mir jetzt reinen Wein ein!«

Sie schwieg.

»Dieser Raum ist abhörsicher«, sagte er. »Ich gebe Ihnen mein Wort, daß alles, was hier gesagt wird, unter uns bleibt.«

Sie lachte nur.

Er trat zur Tür und öffnete sie. Eins mußte sie ihm zugestehen – er verstand sich darauf, Auftritte wirksam zu inszenieren. Die Überraschung war ihm gelungen.

Sheuren betrat den Raum und blickte sie gelassen an. »Sicherheitsminister Nerval hat mich gebeten, ihm Unterstützung zu gewähren und diesen Zellentrakt zu untersuchen. Hier befinden sich keine Abhörvorrichtungen. Um ganz sicherzugehen, hat er mich gebeten, einen Störsender mitzubringen.«

Er stellte das kleine Gerät, eine schlichte viereckige Metallschachtel, auf den Tisch und aktivierte es. Sie war mit dem Modell vertraut; eine rote Digitalanzeige

bestätigte, daß es ordnungsgemäß funktionierte.
»Perry Rhodan ist übrigens wieder abgereist, ohne daß es zu weiteren Zwischenfällen gekommen ist«, fügte Sheuren hinzu. Dann nickte er knapp in ihre Richtung und verließ wortlos den Raum, und Nerval schloß die Tür hinter ihm.
»Können wir uns jetzt unterhalten?« fragte er und nahm ihr gegenüber auf dem zweiten Stuhl Platz.
»Woher soll ich wissen, daß Sie meinen Kollegen nicht mit Drohungen gezwungen haben, einen defekten Störsender aufzustellen, damit Sie unser Gespräch aufzeichnen können, um das Solare Imperium später unter Druck zu setzen? Sie wissen bestimmt, wie man so etwas anfängt. Wenn Sie sie jemals lebend wiedersehen wollen ...«
Rodrik beugte sich vor. »Vielleicht habe ich ihn auch schnell klonen lassen«, sagte er gehässig. »Müssen Sie eigentlich stets um die Ecke denken? Sie haben recht, ich kann Sie nicht auf Dauer festhalten. Glauben Sie etwa, ich wolle einen diplomatischen Eklat provozieren?«
»Ich soll Ihnen also vertrauen?« Sie lachte erneut.
»Sie haben Ihre Show durchgezogen«, sagte er. »Was kann jetzt noch passieren?«
Bridget zuckte mit den Achseln. Aber er hatte recht. Früher oder später wäre es auf jeden Fall zu diesem Gespräch gekommen; sie hätte es lediglich vorgezogen, wenn es in der Botschaft des Solaren Imperiums stattgefunden hätte und unter anderen Voraussetzungen. Nun befand sie sich in der Defensive und konnte kaum auf Überraschungsmomente zurückgreifen, um ihr Gegenüber aus dem Gleichgewicht zu bringen.
Er interpretierte ihr kurzes Zögern falsch. »Dann will ich Ihnen sagen, wie es sich zugetragen hat«, fuhr er fort. »Eine erstaunliche Erfahrung für Sie, nicht wahr? Der primitive Neandertaler vom Planeten der Hinterwäldler hat die

Schachzüge der ihm haushoch überlegenen Vertreterin einer galaktischen Großmacht durchschaut.«

»Da bin ich aber gespannt.« Sie setzte ein zurückhaltendes Lächeln auf.

»Im Prinzip ist es ganz einfach: Die auch auf Ruppet aktive Solare Abwehr kommt mehr oder weniger zufällig dahinter, daß der Nachrichtendienst des Imperiums Dabrifa einen Besuch des Großadministrators des Solaren Imperiums auf dieser Welt zu einem Attentat auf ihn nutzen will.«

Vielleicht war es auch ein wenig komplizierter, dachte sie. *Vielleicht hat die SolAb einen Doppelagenten im Geheimdienst des Imperiums Dabrifa damit beauftragt, seine Vorgesetzten mit der Nase auf den Staatsbesuch zu stoßen und ihnen die Gelegenheit, relativ ungefährdet ein Attentat durchführen zu können, erst so richtig schmackhaft zu machen. Vielleicht ist die Solare Abwehr nicht nur von Anfang an über die Aktion informiert gewesen, sondern hat sie sogar provoziert ...*

»Die SolAb beobachtet die Aktivitäten des gegnerischen Geheimdienstes genau und erfährt auf diese Weise nicht nur, daß ein gewissenloser Ara, der nur an harten Rudiga – Pardon, Solar – interessiert ist, einen Klon herstellen soll, der Rhodan tötet, sondern auch, wo dieser Klon vor seinem Einsatz aufbewahrt wird.«

Vielleicht hat auch besagter Doppelagent die Gegenseite auf die Idee mit dem Klon gebracht ... »Warum sollte der Dabrifa-Geheimdienst einen Klon einsetzen, statt einen erfahrenen Profi aus den eigenen Reihen mit dem Job zu beauftragen?« fragte sie.

Rodrik lächelte kalt. »Um zwei Kondome mit einer Nadel zu stechen. Einerseits, weil dieser Klon keine Rückschlüsse auf seine Auftraggeber ermöglicht, falls die Aktion scheitern sollte, andererseits, um die Lage auf Ruppet entscheidend zu beeinflussen. Genau aus diesem Grund hat man den Klon aus meinem Zellmaterial geschaffen. Ich habe eine undichte Stelle in meinem Amt. Der Dabrifa-Geheimdienst hat einen Doppelagenten bei mir eingeschleust.«

Vielleicht hat dieser Doppelagent ebenfalls für uns gearbeitet, dachte Bridget. *Sozusagen ein Dreifachagent, der leider nicht begriffen hat, daß solche Spiele irgendwann so kompliziert werden müssen, daß man stolpert und sich den Hals bricht.*

»Dieser Verräter hat mich über einen gewissen Zeitraum mit korrekten Informationen gefüttert, um mein Vertrauen zu gewinnen, und mich dann mit einer gezielten Falschinformation in die Falle gelockt – in jenes Labor«, fuhr Rodrik fort. »Dort wollte man mich aus dem Verkehr ziehen, und dort wartete auch der Klon auf mich, den man dorthin gebracht hat, nachdem man mir zuvor auf irgendeine Weise Zellen entnommen und ihn daraus gezogen hatte. Aras wie Urx-Moxiva sind in dieser Technik bestens bewandert. Und wer wäre besser imstande, einen Anschlag auf den Großadministrator durchzuführen, als die Person, die für seinen Schutz verantwortlich ist? Oder zumindest eine, die genauso aussieht und per Hypnoschulung all seine wichtigen Erinnerungen und gleichzeitig einen genau definierten Auftrag bekommen hat? Deshalb ist Urx-Moxiva in jenes Labor zurückgekehrt. Die Aktion war außer Kontrolle geraten, und er wollte mein Gegenstück töten, bevor der Klon katastrophalen Schaden anrichten konnte.«

»Und die andere Fliege?« setzte Bridget sich über seine Frage hinweg.

Rodrik sah sie verwirrt an.

»Der zweite Grund, wieso man den Klon aus Ihrem genetischen Material gezüchtet hat«, ergänzte sie.

Nun verstand er. »Wäre der Anschlag auf Rhodan geglückt,

wäre das Imperium Dabrifa aller Sorgen ledig gewesen. Das Solare Imperium hätte sich von diesem Schlag nicht erholt. Aber man mußte auch damit rechnen, daß das Attentat scheitert. In diesem Fall hätte der Doppelagent in meinem Ministerium mich in einer heldenhaften Aktion gerettet und später unter Druck gesetzt. In seiner Stellung wäre es für ihn ein leichtes, Beweise zu fabrizieren, die meine Unfähigkeit, wenn nicht sogar meine Verstrickung in die Aktion belegen. Wäre das Attentat gescheitert, hätte man als Täter einen Klon unbekannter Herkunft präsentieren können, und das Imperium Dabrifa wäre schadlos aus der Aktion hervorgetreten. Mehr noch: Durch den Doppelagenten in meinem Amt wäre ich erpreßbar gewesen, könnte man einen Minister zwingen, im Sinne der Hintermänner für einen Anschluß Ruppets an diesen Machtblock tätig zu werden.«

»Sie könnten einfach zurücktreten«, wandte Bridget ein. »Aber das würde Ihr Drang nach Macht niemals zulassen, nicht wahr?«

Der Sicherheitsminister überging ihren Einwand. »Aber dann kamen Sie ins Spiel. Sie wußten von der Aktion und haben genau im richtigen Moment eingegriffen. Sie sind in das Labor eingedrungen und haben die Programmierung des Klons dahin gehend geändert, daß er niemals imstande sein würde, Perry Rhodan zu verletzen, ihn das zum Scheitern verurteilte Attentat aber riskieren lassen. Ich bezweifle nicht, daß Sie mit Ihren Mitteln eine Verbindung zwischen dem Klon und dem Imperium Dabrifa nachweisen können. Und mir haben Sie mittels Hypnoschulung Teile der Erinnerung genommen und mich auf eine Odyssee durch Ruppet City geschickt. Würden Sie mir nun verraten, warum?«

Bridget atmete tief durch. »So funktioniert das nicht«,

behauptete sie. »Mit einer Hypnoschulung kann man einem Menschen weder das Gedächtnis nehmen noch ihm falsche Erinnerungen aufpfropfen.«
Rodriks Miene zeigte nicht die geringste Regung. »Sie schon«, sagte er.
Er blufft, dachte Bridget. *Er kann nichts vom begnadeten Jeremay Voss wissen, der in jahrelanger Arbeit ein Computerprogramm entwickelt hatte, mit dem genau das möglich war – jedenfalls nach gründlichen Vorarbeiten. Ein Programm, das auf dem ähnlich funktionierenden Programm des Dabrifa-Geheimdienstes, das der Dreifachagent ihnen zugespielt hatte, basierte, es jedoch praktisch umpolte. Und das innerhalb weniger Minuten. Dazu war jede Menge Rechnerkapazität erforderlich ... aber die hatte der feindliche Nachrichtendienst ja freundlicherweise schon am Einsatzort installiert. Natürlich hatte ein solches Programm keine anhaltende Wirkung auf den Delinquenten, der die paramechanische Beeinflussung früher oder später wieder abschütteln konnte, wenn sie sich nicht gar von selbst wieder verlor, aber eine Dauer von sechsunddreißig Stunden war in diesem Fall ja vollauf ausreichend gewesen.*
Nicht einmal die Gegenseite wußte von Jeremay.
Der Sicherheitsminister schwieg, wandte den Blick aber nicht von ihr ab. »Das Solare Imperium verfügte schon zur Zeit von Ruppets Aufbruch über sogenannte Hypnostrahler«, sagte er dann.
»Die schon zur Zeit von Ruppets Aufbruch nicht mehr eingesetzt wurden, weil sie sich als höchst unzuverlässig erwiesen haben und schädliche Nebenwirkungen hervorriefen.«
»Gemeinsam mit der Technik der Hypnoschulung kann man mit solchen Geräten einem Menschen oder auch einem

Klon problemlos Teile des Gedächtnisses nehmen und falsche Erinnerungen aufzwingen.« Rodrik stellte es als Tatsache dar, doch sie wußte, daß es nur ein Schuß ins Blaue war.
»So einfach geht das nicht«, widersprach sie. »Das habe ich doch schon im Labor gesagt.« So einfach ging es wirklich nicht. Dazu waren hochkomplizierte Computerprogramme nötig, die nur ein Genie wie Voss schreiben konnte. Aber der Sicherheitsminister war auf der richtigen Spur.
Rodrik schwieg.
Bridget seufzte. Es war an der Zeit, zur Sache zu kommen. Doch zuerst mußte sie seine Selbstsicherheit ein wenig ins Wanken bringen. »Was würden Sie dazu sagen, wenn ich Ihnen den Doppelagenten in Ihren Reihen ausliefere?« fragte sie.
»Ich habe Staatssekretär Fohrtuhn bereits verhaften lassen«, sagte Rodrik. »Er hat ein Geständnis abgelegt und ist zur vollen Kooperation bereit.«
Der Schlag saß. Oder ... war es nur ein zweiter Bluff? Es lohnte sich, ein wenig nachzuhaken. »Wie haben Sie ihn entlarvt?«
Rodrik nahm die Herausforderung an und lächelte selbstsicher. »Er hat sich in letzter Zeit sehr auffällig benommen.«
»Das ist ein völlig atypisches Verhalten. Gerade Doppelagenten sind darauf bedacht, sich völlig unauffällig zu benehmen, damit ja kein Verdacht auf sie fällt.«
»Er hat geglaubt, besonders schlau zu sein, wenn er sich nachlässig benimmt und seine Pflichten nicht mit der gewohnten Sorgfalt erledigt, obwohl ich weiß, daß in meinem Ministerium eine undichte Stelle sitzt.«
»Das ist doch eine bloße Hypothese.«
»Hören wir endlich auf mit den Spielchen«, sagte der Sicherheitsminister ungeduldig. »Er hat seine Hintermän-

ner bereits genannt. Wir werden in Kürze mehrere Attachés der Botschaft des Imperiums Dabrifa ausweisen.« Rodrik nannte drei Namen. Sie waren ihr bekannt; es handelte sich in der Tat um Fohrtuhns Führungsoffiziere aus dem Dabrifa-Geheimdienst.

Ihren Namen hatte Fohrtuhn noch nicht genannt; er hoffte, daß man nicht hinter seinen doppelten Verrat kam, und gab nur soviel zu, wie man ihm nachweisen konnte.

»Wie sind Sie darauf gekommen?« fragte sie.

Rodrik überlegte kurz, ob er die Information preisgeben durfte. Gab schließlich sein Geltungsbedürfnis den Ausschlag? Wollte er unbedingt beweisen, daß er nicht der Neandertaler war, für den Bridget ihn halten mußte? Oder hatte er noch einen Trumpf in der Hinterhand?

»Während der ungenehmigten Demonstration habe ich Fohrtuhn abgeschüttelt, um mich allein zu dem Treffpunkt zu begeben, an dem mein Informant mich treffen wollte – dem Labor. Dort wurde ich betäubt und der Gehirnwäsche mittels Hypnoschulung unterzogen ...«

Sie unterbrach ihn: »Mit einer Hypnoschulung kann man nicht ...«

Er tat es ihr gleich. »Lassen wir den Begriff in Ermangelung eines besseren einfach stehen. Als ich nach der Gehirnwäsche erwachte, hatte Fohrtuhn mich in diesem entsetzlichen Durcheinander gefunden ... inmitten von über zweihunderttausend Demonstranten! Angeblich, weil er Schüsse aus einem Thermostrahler *gesehen* haben wollte. Diese Schüsse sind nachweislich nur *in* dem Labor gefallen ... nämlich die, mit denen Sie die Einrichtung zerstört haben, um uns die Arbeit zu erschweren. Mein Klon hat ihn beauftragt, sofort einen Bericht über den Vorfall zu schreiben. Diesen Bericht habe ich selbstverständlich gelesen. Der kleine Fehler ist Fohrtuhn zum Verhängnis geworden.

Er konnte mich nur gefunden haben, weil er von Anfang an wußte, wo ich war. Weil er mich als unbekannter, aber bislang zuverlässiger Informant dorthin bestellt hatte, um den Agenten des Imperiums Dabrifa den Austausch zu ermöglichen!«

»Den wir dann durchkreuzt haben«, gestand sie ihre Niederlage ein. Rodrik war wirklich gut, sogar besser, als sie immer angenommen hatte. Aber sie hatte nur eine Schlacht verloren, nicht den Krieg. Den würde sie gewinnen, so oder so.

Rodrik glaubte jedoch, sich auf der Siegerstraße zu befinden. »Ganz genau«, sagte er. »Der Geheimdienst des Imperiums Dabrifa hat mich mit Hilfe des für ihn tätigen Fohrtuhn in dieses Haus in SEKTOR 1 gelockt. Dort befand sich ein aus meinen Körperzellen gezüchteter Klon, der über all meine Erinnerungen verfügte, die man mit der Hypnoschulung jedoch partiell manipuliert hat. Dieser Klon sollte sich für mich halten, um völlig unauffällig agieren zu können, bis er dann im geeigneten Augenblick zuschlug und das Attentat auf Rhodan verübte.« Der Sicherheitsminister legte eine rhetorische Pause ein. »Würden Sie Ihre hochentwickelte Technologie nicht auf dermaßen pervertierte Weise einsetzen, könnte ich sogar Hochachtung vor ihr empfinden. Wozu sind Sie eigentlich noch fähig? Ich habe mit meinen Mitarbeitern gesprochen und ihre Berichte gelesen. Der Klon ist geradezu perfekt vorgegangen. Niemand hat einen Unterschied bemerkt. Ich bin überzeugt davon, er hat sich wirklich für mich gehalten.«

Das hat er, gab Bridget ihm in Gedanken recht. *Er hat bis zu der Begegnung am Raumhafen nicht einmal gewußt, daß er nur ein Klon war.*

»Mich selbst wollten die Dabrifa-Agenten bis nach dem

Attentat festhalten«, fuhr Rodrik fort. »Wer weiß, vielleicht hätten sie auch mir diesen Helm aufgesetzt und mich in ihrem Sinne manipuliert.«
Bridget nickte. »Dem Geheimdienst eines diktatorischen Regimes wie dem Imperium Dabrifa ist alles zuzutrauen.«
»Doch bevor der Austausch vollzogen und der nach meinem Vorbild entstandene und wie auch immer mental manipulierte Klon an einen anderen Ort gebracht werden konnte«, fuhr Rodrik fort, »haben Sie zugeschlagen. Sie sind in den geheimen Stützpunkt mitten im SEKTOR 1 eingedrungen und haben die geistige Indoktrination des Klons erneut manipuliert. Nämlich dahin gehend, daß er seine Rolle wie geplant weiterspielte – aber nur bis zum Attentat. Sie haben dafür gesorgt, daß er gar nicht fähig war, Rhodan auch nur ein Haar zu krümmen, um ihn dann praktisch auf frischer Tat auffliegen lassen und dem Nachrichtendienst des Imperiums Dabrifa eine vernichtende Niederlage zufügen zu können. Aber irgend etwas ging schief, und Sie mußten den Klon töten.«
Nichts ist schiefgegangen, dachte sie. Von Anfang an war vorgesehen, den Klon zu liquidieren. Aber dies mußte in Anwesenheit des echten Sicherheitsministers Rodrik geschehen. Den Rest würde die Legendenbildung dann schon allein erledigen. Außerdem hätte das künstliche Geschöpf sowieso nicht mehr lange gelebt; ein paar Stunden später hätte ein programmierter genetischer Kode bewirkt, daß seine Zellen implosionsartig in sich zusammenfielen. Sie wußte, in diesem Augenblick bestand das Beweisstück Klon nur noch aus einem amorphen Brei, der eilends in die Verwesung überging. Geheimdienste legten keinen Wert auf Zeugen und ließen nicht gern Beweise zurück.
Seltsam war nur die unerklärliche Enthüllung, die der

Attentäter von sich geben wollte. Hatte Urx-Moxiva etwa schlechte Arbeit geleistet? Hatte der Klon im Augenblick der Begegnung mit seinem Original erkannt, wer er wirklich war? Oder war er durch Jeremay Voss' Kontraprogrammierung einfach überlastet gewesen und geistig zusammengebrochen? Sie würden es wohl nie erfahren. Jedenfalls war sie kein Risiko eingegangen und hatte ihn liquidiert, bevor er etwas verraten konnte.
»Auf die rückständige Technik des Imperiums Dabrifa ist eben kein Verlaß«, sagte sie.
»Danach haben Sie mich mental manipuliert«, überging Rodrik ihren zynischen Einwand. »Sie haben mir die Erinnerung an meine Identität genommen und mich freigelassen. Zweifellos haben Ihre Leute mich die ganze Zeit über mit ihren überlegenen Mitteln so beschattet, daß ich nichts davon bemerkt habe, nicht wahr? Und sie haben auch die Agenten des Dabrifa-Geheimdiensts auf Ruppet abgeschirmt und unter Kontrolle gehalten, damit sie nicht mehr eingreifen und die von Ihnen so sorgsam geplante Aktion stören konnten.«
Bridget war beeindruckt davon, wie logisch er seine Gedankenkette aufgebaut hatte, ließ es sich jedoch nicht anmerken.
»Gleichzeitig haben Sie mir den Drang einprogrammiert, mich zum Raumhafen zu begeben«, fuhr er fort. »Sie kennen doch bestimmt die Worte, die mich, unterstützt von periodisch auftretenden Kopfschmerzen, dazu getrieben und gleichzeitig völlig in die Irre gelenkt haben? Stammen sie von Ihnen?«
»Eine Anweisung, die Sie gelegentlich auf die Dringlichkeit der Sache aufmerksam machen sollte«, wich sie seiner zweiten Frage aus. »Der vollständige Satz lautet: *Sie wollen Perry Rhodan töten, bei der Ankunft auf dem*

Raumhafen. Die offizielle Begrüßung bietet den idealen Anlaß. Wir haben die Botschaft auf das Wesentliche verkürzt.«

»Warum haben Sie mir nur hundert Rudiga gelassen?« fragte Rodrik.

Den menschlichen Faktor konnte auch der begnadete Jeremay nicht hundertprozentig berechnen. Sie hatten dafür sorgen wollen, daß Rodrik dann, wenn das Pochen im Kopf zu stark wurde, den Raumhafen problemlos erreichen konnte. Schließlich wurde er dort gebraucht. Aber niemand hatte damit rechnen können, daß er seine gesamte Barschaft schon nach ein paar Minuten für ein einziges Getränk ausgab und sich danach in seiner Verwirrung zu diesen dummen Überfällen auf die Fahrzeugbesitzer gezwungen sah. Zuviel Geld hatten sie ihm auch nicht lassen wollen, weil es ihm sonst vielleicht möglich gewesen wäre, Hinweise auf seine Identität zu finden.

Aber das würde sie ihm natürlich nicht auf die Nase binden. Sie beschloß, zum Gegenangriff überzugehen. »Ich hoffe, Sie haben der Botschaft des Imperiums Dabrifa die Ausweisungsbescheide noch nicht zugestellt«, sagte sie.

Er runzelte überrascht die Stirn. Erstmals hatte sie ihn aus der Fassung gebracht. »Wie bitte?«

»Sie sollten die in diesen Skandal verwickelten Personen nicht ausweisen, sondern festnehmen und Ihnen den Prozeß machen, damit sich so etwas nie wiederholt. Stellen Sie ein für allemal die Souveränität Ruppets unter Beweis.«

»Sie wollen doch nur das Imperium Dabrifa bloßstellen«, erkannte Rodrik.

»Natürlich will ich das«, sagte sie mit einem zuckersüßen Lächeln. »Und Sie können Ihr Ansehen als Minister festigen und darüber hinaus Geltung als fähiger Sicherheitsexperte und Politiker gewinnen. Bei der nächsten Wahl könnten Sie als aussichtsreichster Kandidat für das Amt des Präsidenten von Ruppet antreten und diese Wahl auch gewinnen, da mächtige Verbündete hinter Ihnen stehen. Deshalb haben wir Ihnen Teile Ihrer Erinnerung genommen und Sie auf eine Odyssee durch Ruppet City geschickt, falls Sie sich noch an Ihre ursprüngliche Frage erinnern. Weil wir Sie für einen guten Mann halten. Schließlich sind Sie ein Held. Sie haben Perry Rhodans Leben gerettet. Zumindest könnte man es problemlos so hinstellen«, fügte sie etwas leiser hinzu.

Er horchte merklich auf; zwar versuchte er, es zu verbergen, doch es gelang ihm nicht ganz. Immerhin hatte er sich so weit in der Gewalt, es erst einmal mit einer klassischen Finte zu versuchen und das verlockende Angebot zurückzuweisen.

»Auf solche Verbündete pfeife ich«, sagte er. »Sie haben den Klon eiskalt getötet. Ermordet, falls dieser Ausdruck auf ein solches Wesen zutrifft.«

»Und Sie haben auf mich geschossen«, entgegnete sie. »Sie hätten mich ebenfalls töten können. Ein gewisses Risiko gehört nun mal zu unserem Beruf, wie auch eine gewisse Entschlußkraft. Ich mußte in Sekundenbruchteilen eine Entscheidung treffen. Rhodans Leben stand auf dem Spiel.«

Sie war keineswegs erstaunt darüber, wie leicht ihr diese Lüge über die Lippen kam. Sie war von Experten ausgebildet worden.

»Ich habe in die Luft geschossen«, widersprach Rodrik. »Ich habe nicht auf Sie gezielt. Dafür standen meine Leute viel zu nah bei Ihnen.«

»Sie mußten auch eine Entscheidung treffen«, hielt Bridget dagegen. »Genausogut hätte sie anders ausfallen können. Sie hätten sich entschließen können, gezielt auf mich zu schießen. Aber wie dem auch sei – was halten Sie von meinem Vorschlag?« lenkte sie das Gespräch wieder in die richtigen Bahnen zurück.

»Ein Schritt nach dem anderen«, sagte er. »Wir wollen den Morgen nicht vor der Zeugung loben. Die Personen, von denen wir sprechen, stehen unter diplomatischer Immunität.«

»Nur eine von ihnen«, unterbreitete Bridget ihm. »Die beiden anderen nicht.«

»Fohrtuhns Aussage allein wird nicht reichen, sie zu verurteilen. Als Doppelagent kann jeder mittelprächtige Verteidiger ihn unglaubwürdig machen.«

»In Ihrem Gewahrsam«, fuhr sie fort, »befinden sich vier zur Zeit noch orientierungslose Personen, die vor etwa sechsunddreißig Stunden festgenommen wurden, drei Männer und eine Frau. Diesen Personen kann zweifelsfrei nachgewiesen werden, daß sie bei der Erzeugung des Klons mitgewirkt haben. Ihre Aussagen werden belegen, daß das Imperium Dabrifa Urheber einer nachrichtendienstlichen Aktion auf ruppetischem Boden ist.« Sie sah, daß es in seinen Augen funkelte. »Allerdings werden diese Personen erst zu einer Aussage fähig sein, nachdem sie ein bestimmtes Medikament erhalten haben.«

Seine Augen bewölkten sich wieder. »Und dieses Medikament bekommen wir natürlich von Ihnen.«

»Natürlich«, sagte sie. »Vorausgesetzt, wir werden uns einig. Aber daran zweifle ich nicht.« Falls überhaupt möglich, war ihr Lächeln diesmal noch strahlender. »Mehr noch«, fügte sie hinzu. »Einer Ihrer Leute steht bereit, um zu beschwören, daß Sie die Aktion dieses anderen Geheimdienstes« – sie zog verächtlich die Brauen hoch – »von Anfang an durchschaut haben und lediglich untergetaucht sind, um den Attentäter auf frischer Tat überführen zu können.«

Er schüttelte den Kopf. »Das wird nicht klappen. Es gibt zu viele Zeugen, die ...«
»Die Familie Pichard?« unterbrach sie ihn. »Vermol und seine Fahrgemeinschaft? Diese Kellnerin Kara?« Ein Achselzucken verriet ihm, was sie von diesen Zeugen hielt. »Wofür gibt es eine Hypnoschulung ... wie Sie den Vorgang nennen?«
»Und wenn es tatsächlich klappen und man mich zum Präsidenten wählen sollte ...«
»Werden Sie Ihren gesamten Einfluß dafür nutzen, Ruppet die einzige Zukunft zu eröffnen, die der Planet noch hat«, sagte sie eindringlich. »Den Anschluß an das Solare Imperium. Gemeinsame Forschungen, um den *bodenständigen Impuls* aus dem Genom der Ruppeter zu entfernen. Sie führen Ihr Volk in eine neue Ära, Rodrik. Sie erschließen ihm neue Welten. Auf die Ruppeter warten unzählige jungfräuliche Planeten. Himmelskörper, auf denen es keine Übervölkerung und Rohstoffknappheit gibt.«
»Wir müssen dafür nur unseren Glauben aufgeben«, sagte er leise.
Sie zuckte mit den Achseln. »Im Solaren Imperium herrscht Religionsfreiheit.«
»Ruppet ist damals mit seinen Anhängern ausgewandert, weil er seine Visionen nur in der Abgeschiedenheit verwirklichen konnte. Unbeeinflußt von der sogenannten Toleranz und Religionsfreiheit des Solaren Imperiums.«
»Visionen, die keinen Herausforderungen standhalten, taugen nichts«, entgegnete sie lapidar.
»Und wenn ich mich weigere? Wenn ich nicht bereit bin, meinen Glauben zu verkaufen?«
»Nun ja«, sagte sie. »Wie Sie ganz richtig vermutet haben, hat Fohrtuhn Beweise fabriziert, die Sie als Spion des

Imperiums Dabrifa belasten. Diese Beweise wurden kodiert in Datenbanken der Regierung eingespeist. Leider hat irgend jemand die Dateien neu kodiert und verschoben.« Sie wußte, daß Rodrik sich wie kein zweiter Ruppeter auf die Kunst der Andeutung verstand. »Sie wollen doch sicher vermeiden, daß diese Dateien plötzlich wieder auftauchen?«
Er nickte langsam und nachdenklich.
»Außerdem wollen Sie sich doch nicht ausgerechnet von Fohrtuhn in den Untergang treiben lassen? Wollen Sie ihm diesen Triumph gönnen oder es ihm lieber heimzahlen?« köderte sie ihn.
»Was heimzahlen? Daß er mich in diese Falle gelockt hat?«
»Einerseits das und andererseits, daß er diese Falle erst ermöglicht hat.«
Er sah sie fragend an.
»Sie erinnern sich doch sicher daran, daß Fohrtuhn Sie vor vielleicht einem halben Jahr bei einem Training – Nahkampf mit Messern, glaube ich – verletzt hat?« Er nickte. »Nur eine leichte Wunde, nicht wahr?«
»Und?«
»Aber sie hat geblutet.«
Allmählich dämmerte es ihm.
»Und mit dem Blut und den Zellen, die an diesem Messer klebenblieben, hat der Ara Urx-Moxiva den Klon gezüchtet, der das Attentat auf Perry Rhodan durchführen sollte. Klone zieht man nicht in Hinterhoflabors heran. Sie haben ganz recht gehabt, man hat ihn in dem Haus in SEKTOR 1 nur aufbewahrt. Es dauerte über fünf Monate, bis sie ... nun ja ... völlig entwickelt waren.«
Diesmal konnte Rodrik nicht verbergen, daß er blaß um die Nasenspitze wurde. »Sie?« fragte er.
»Die beiden anderen Klone, die gleichzeitig mit dem ent-

wickelt wurden, der schließlich zum Einsatz kam, haben wir selbstverständlich vernichtet«, entgegnete sie lächelnd. Rodrik schwieg lange. Sie war keine Telepathin, wußte aber, welche Gedanken ihm durch den Kopf gingen.

Wenn ich nicht mitspiele ... wenn ich mich nicht zum Handlanger des Solaren Imperiums mache ... werden sie dann nicht nur meine Karriere ruinieren, sondern mich auch töten und durch einen dieser Klone ersetzen? Was wird geschehen, wenn ich meinen ... Drang nach Macht überwinden und doch zurücktreten sollte? Wird die Frau, die mir gegenübersitzt, mich dann vom Haken lassen? Oder wird sie mich liquidieren? Wie sie den geklonten Attentäter getötet hat und Urx-Moxiva und was weiß ich, wen sonst noch alles?

Zu Bridgets überwältigender Überraschung sprach Rodrik es aus und gestand damit seine absolute Niederlage ein. Damit hatte sie nun wirklich nicht gerechnet.

»Sagen Sie es mir.« Er kniff die Augen zusammen und musterte sie eindringlich. »Werden Sie mich töten?«

Sie wußte, daß er die Frage persönlich an sie gerichtet hatte, zog es aber vor, sie auf die SolAb insgesamt zu beziehen. »Sie töten? Wie kommen Sie darauf, daß wir auch nur eine Sekunde lang daran denken könnten, Sie zu töten?« antwortete sie und lächelte Nerval Rodrik entwaffnend an. »So etwas würde vielleicht das Imperium Dabrifa in Erwägung ziehen oder eins der anderen galaktischen Reiche. Aber wir doch nicht. Gerade in Anbetracht unserer zukünftigen Zusammenarbeit dürfen Sie eins niemals vergessen, mein Lieber: *Wir sind die Guten.*«

Glossar

In diesem Glossar werden einige Hintergründe zum vorliegenden Roman dargestellt sowie einige Begriffe, die in dem Roman vorkommen, zusätzlich erklärt. Aufgrund der begrenzten Seitenzahl können jedoch nicht alle Details ausführlich aufgeführt werden.

Hintergrund des Romans:
Mit dem Panither-Aufstand im Jahr 2931, in dem zahlreiche Kolonien und verbündete autarke Sonnensysteme von Terra abfielen, begann die Krise des Solaren Imperiums. Im Jahr 2992, in dem der vorliegende Roman stattfindet, ist das Solare Imperium unter der Führung der Erde, das bislang die meisten Menschen und Menschenabkömmlinge in sich vereinigte, endgültig zersplittert. Mit dem Imperium Dabrifa, dem Carsualschen Bund und der Zentral-Galaktischen Union stehen Terra drei starke Machtblöcke gegenüber. Hinzu kommen kleinere Bündnisgruppen wie die Ross-Koalition, die Fracowitz-Systemstaaten, die Tarey-Bruderschaft und der Shomona-Orden.
Noch vermeiden diese galaktischen Reiche einen offenen Konflikt mit dem Rest des Solaren Imperiums. Sie versuchen, ihre Macht zu konsolidieren oder auszudehnen. Welten, die sich noch keinem Bündnis angeschlossen haben, werden offen (durch Okkupation) oder, wie in dem vorliegenden Fall, verdeckt (durch den Einsatz von Geheimdiensten, euphemistisch auch Nachrichtendienste genannt) dazu »bewogen«, sich auf die Seite größerer Machtblöcke zu schlagen.
Die Lage in der Milchstraße ist jedoch explosiv; ein Funke könnte genügen, um das Pulverfaß Galaxis zu zünden und einen offenen Krieg zwischen den Imperien zu entfesseln. Daher bemüht man sich auch auf nachrichtendienstlicher Ebene, den Status quo nicht allzu offensichtlich zu verändern.
Aralon
Die Hauptwelt der Aras.

Aras
Galaktische Mediziner, eine humanoide Spezies, die jahrtausendelang die führende medizinische Rolle in der Galaxis spielte, ihre Vormachtstellung jedoch mißbrauchte, um gewissenlose Experimente durchzuführen und andere Völker mit künstlich erzeugten Seuchen zu erpressen, für die nur sie Gegenmittel liefern konnte.
Arkoniden
Früher eins der bedeutendsten Völker in der Galaxis, das zum Zeitpunkt dieses Romans jedoch der Degeneration verfallen ist. Die Technik eines auf dem Mond notgelandeten Raumschiffes der Arkoniden ermöglichte es Perry Rhodan, das Solare Imperium der Menschheit aufzubauen.
Explorer
Raumschiffe des Solaren Imperiums, die neue Welten entdecken und unbekannte Regionen der Galaxis kartographieren.
Gucky
Der Mausbiber sieht aus wie eine metergroße Mischung aus diesen Tieren, ist aber hochintelligent. Mit drei Parafähigkeiten gilt er als der beste Mutant im Mutantenkorps des Solaren Imperiums. Er beherrscht die Fähigkeit der Telekinese (Bewegung von Gegenständen durch Gedankenkraft), Telepathie (Gedankenlesen) und Teleportation (zeitlose Versetzung an einen anderen Ort durch Gedankenkraft).
SolAb
Kurzbezeichnung für die Solare Abwehr, den Nachrichtendienst des Solaren Imperiums.
Solares Imperium
Von Rerry Rhodan errichtetes Machtgefüge, dem bis kurz vor der Handlung dieses Romans die meisten der von Menschen besiedelten Welten angehörten. Siehe auch **Hintergrund des Romans**. Staatsoberhaupt ist der demokratisch gewählte Großadministrator Perry Rhodan.

ABENTEUER ZUKUNFT
Perry Rhodan
Die größte
Sciene-Fiction-Serie
der Welt
Jede Woche erscheint ein neuer spannender Roman. Erhältlich im Bahnhofsbuchhandel und am Kiosk.
PERRY RHODAN im Internet: http://www.vpm.de/PerryRhodan
PERRY RHODAN-Infoline: 0190-190 136, 12 Pfg./6 Sek. DeTeMedien